魔豆

除魔派對

vol. 6

向東向西諸事吉

醉琉璃——著
夜風——插畫

除魔派對 vol.6

目錄

人設
除魔派對
毛絨絨
毛茅&黑琅

白烏亞
高甜
時衛

楔子

榴華高中一天中最晚的鐘聲是在晚上六點響起，告訴還留在學校裡參加社團活動的學生們，社課結束，該回家了。

不過也不是每個社團都會準時結束社課，往往六點後仍有學生在校逗留，老師們通常也不會去趕人。

但再怎麼晚都不能超過八點。除非事先申請，否則時間一到，校警或老師就會前往仍舊亮著燈的社團教室，像趕鴨子似地將學生們一個個催出教室外。

附帶一提，社團大樓唯有一個地方是特別的。

五樓即使半夜兩、三點還亮著燈，也絕對不會有人前去關切。

五樓是除魔社的地盤，同時也是校長澤蘭的實驗室。

誰都不想自投羅網，成了澤蘭的實驗品；也不想大半夜的，看見穿著一身活像染血白袍的藍髮美男子，對著自己露出溫文儒雅，卻讓人頭皮一緊，忍不住遍體生寒的笑容。

今晚，又有好幾個社團在校內待得晚了。

新聞社就是其中一個。

為了再次確認下一期報導的方向，新聞社的幾名核心幹部留下來開會，一般社員則是準時下課。

好不容易敲定各項細節，趕在八點前，新聞社的會議總算是宣告結束。

一陣小小的歡呼聲在社辦中響起，眾人解脫般地互相道別，陸續離開了社團辦公室。

負責鎖門的是一名長髮女孩，面容柔美，但眼角格外挑揚的一雙鳳眼，卻透露出犀利及些許咄咄逼人的感覺。一頭金黃色髮絲在走廊日光燈的照耀下，泛著淡淡的光澤。

確認社辦的門鎖上後，她吐出一口氣，覺得疲累地揉了揉僵硬的後頸，揹著包包往校門走去。

和校警打了聲招呼，她習慣性地往右邊一轉，經過了便利商店。正巧自動門滑開，伴隨著門鈴聲一塊響起的，還有一聲驚喜的喊叫。

「谷芽學姊！」

聽見自己名字的谷芽下意識回頭，瞧見一抹熟悉的人影。

「啊，靜靜。」

從超商內走出來的是一名黑短髮、戴著粗框眼鏡，唇角和眼角都透露出俏皮味的少女。正是他們新聞社的一年級社員，林靜靜。

包含谷芽在內，社團不少人都對林靜靜印象深刻。

一來是對方雖說才一年級，卻已是學校裡有著一定知名度的八卦小天后，她的手上似乎總握著說不完的八卦。

二來是林靜靜和除污社……或者說「那個除魔社」的新社員很熟。

那個除魔社……谷芽在心裡默默又重複唸了一遍。

除魔社的正式名稱應該是除污社才對，但自從社長時衛上任之後，就直接提筆揮毫，在他們社辦大門外寫上了大大的「除魔社」三個字，對內對外均要求別人稱呼他們為除魔社。

可即便是他們新聞社，至今仍是打探不出除魔社究竟是怎樣的一個社團。

像謎團一樣，卻佔據了社團大樓的五樓一整層，居然還在樓梯口設置了特殊大門，沒有門卡根本無法進出，所獲得的資源比其他社團都還要來得多。

如果要說所有社團最羨慕嫉妒的對象，那估計就是除魔社無誤了。

而林靜靜的同班同學，正巧是除魔社的一分子，與她的關係還好得很。

谷芽他們不是沒想過從林靜靜口中問出一些除魔社的相關事情，只是她都是笑笑地打著太極帶過。

他們身為學長姊又不可能真的向這位小學妹逼供，更不用說她還是他們這些人眼中極具潛力的幹部候補——社長都私下說過，之後想重點栽培她了——只能一邊覺得心癢難耐，一邊硬是將滿肚子的好奇心壓回去。

「學姊，你們現在才結束嗎？」林靜靜好奇地問道。

「啊啊，對啊……」谷芽伸了一個懶腰，接著感到頰邊被貼上一個冰涼的物體，驚得她瞇細的眼睛立即睜大。

「學姊辛苦了，這個請妳喝。」林靜靜冰了谷芽臉頰一下的，是一瓶還帶著冰涼水氣的綠茶，「剛好買一送一。」

「謝啦。」谷芽也沒客氣，旋開瓶蓋就先咕嚕咕嚕地喝了好幾口，「下次學姊再請妳……妳怎麼還沒回去？這麼晚了還在這裡？」

林靜靜指了指身後的超商，「剛和同學在裡面聊天，不知不覺就聊到現在了……學姊，一起走吧。」

林靜靜和谷芽的回家路線前半段是相同的，她們之前曾有幾次結伴一塊走，這也讓她們倆相較於社團其他人，熟得特別快。

「唔……」谷芽卻露出了爲難的表情，「今天沒辦法，我要繞到其他地方去買點東西。靜靜，妳路上小心……」

谷芽的話還沒說完，就被自己的手機鈴聲打斷。

她連忙對林靜靜做了一個抱歉的手勢，接起電話。林靜靜也不打擾她，向她揮揮手表示再見。

谷芽也對林靜靜揮了下手，與對方踏上反方向的另一條路。

才晚上八點多，路上人車正多，谷芽要去的是一間新開的飲料店，以拿鐵加上造型棉花糖而在網路上爆紅。

谷芽有追這家店的粉絲團，看到這一期的新品棉花糖是紅白相間的金魚，被奶泡圍簇起來像是在雲端上悠游，這讓她立刻心動了，說什麼都想買來喝一次看看。

偏偏這間飲料店只營業到晚上八點半，而且今天還是金魚棉花糖販售的最後一天。

谷芽暗惱著會議結束得太晚，腳下步伐急急再加快，從本來的快走變成了小跑步。

她抓著手機，瞄著螢幕上的時間。還有十五分鐘店家就要打烊，這讓她心裡越發焦急，小跑步不覺加大了跨步的距離。

在人行道上跑了好一會，谷芽氣喘吁吁地停下。

她原本就不是體力好的人，才跑個幾分鐘就讓她上氣不接下氣，胸口既像是有把火在燒，又像是充氣過頭的氣球，隨時都可能爆炸。

谷芽抬頭看了看前面，若走一般路線，等她趕到，店家也差不多休息了，她的金魚棉花糖拿鐵也就掰掰了。

既然如此，就只好走不一般的路線。

谷芽決定放棄大路，改抄小路。她知道有一條捷徑，而一開始沒走那條路的原因是……

路燈的燈光照在狹窄的路口前，卻照不亮裡頭的一片昏暗。
谷芽要走的捷徑是一條藏在大樓間的防火巷，看起來髒亂，被堆了不少廢棄物——擺明就是妨礙救災通行的那種。
還沒走進去，谷芽就覺得似乎有股異味從裡面飄了出來。她眉頭緊皺，要不是爲了那個期間限定飲品，她一點也不喜歡走這條巷子。
唯一慶幸的是，巷裡的地面看起來不是濕濕黏黏的，這讓她終於義無反顧地踏出了步子。
防火巷有點長，兩邊高聳的大樓遮擋住大部分光線的進入，讓巷裡顯得非常陰暗。才走了一小段距離，巷口處的喧鬧就像被截留在外頭，讓身在巷內的谷芽忽地心生起自己被隔離在一個獨立世界的錯覺。
她連忙搖搖頭，甩掉那些胡思亂想，繞過堆疊的紙箱和一些廢棄物品，大步往防火巷的另一端出口前進。
倏地，一道婉約的女性歌聲迴盪在這條狹長的路徑當中，透出一股難以言喻的陰森。
谷芽差點被嚇得尖叫出聲。
她身子一震，腳步反射性僵停住好幾秒後，才意識到這是自己的手機鈴聲。
提起的一顆心又放回原位，她手忙腳亂地拿出手機，打電話過來的是她的同學。
她將手機貼在耳邊，不自覺地仰高頭，映入眼中的是被雙邊大樓切割成細細一條縫的黑暗天空。

「喂喂，找我幹嘛？」

「妳果然忘了……妳不是要我晚上打給妳，再提醒妳一次的？」

「啊，對喔，好像有這回事……」

「谷芽！」

「騙妳的，我沒忘、沒忘……我明天會帶給妳的。我現在人在外面，要去買飲料……對，就是之前妳給我看的那間……啊，不對！我還在趕時間啊！我……」

「我」後面的句子還徘徊在谷芽的喉頭處，她卻沒有把話說完。將視線從上方收回的她，正好直視著防火巷的巷口。

那裡本該能直接看到巷外景象。

可是現在，有東西遮住了谷芽的視野。

那是一抹古怪的身影，在微弱光源的映照下，宛若一頭人立起來的野獸。

不對，那不是真的野獸，像是一名身上披著獸皮的怪人。看不清五官，在被如同大衣的獸皮包裹下，一時判斷不出性別。

谷芽呆呆地看著正前方，腦中一片空白。

「喂喂?谷芽，妳來得及嗎？」手機裡傳來了同學的疑問，「那間店不是要關了？」

「所以我是抄近路……」或許是還沒回過神來的關係，谷芽如同問答般地回話。

「近路？欸？不會是那條又髒又暗的防火巷吧？」同學發出了驚呼，「妳也太拚了，不會只有妳一個人吧？雖然才八點多，但女生不要獨自走那裡啦！」

「不是一個人……」谷芽愣愣地說。

「咦？」

谷芽的同學這次沒等到她的解釋。

因爲佇立在谷芽前方的那道身影，冷不防動了。

先是一步兩步地慢慢走著，接著速度猛然加快，在防火巷內跑了起來。

朝著谷芽直直地衝過來！

就好像一頭鎖定獵物的凶猛野獸！

谷芽所有神智像終於回籠，她瞪大眼，發出短促的尖叫，想也不想地轉身就跑。

「谷芽？谷芽？怎麼了？」聽見尖叫的同學慌張追問。她放大的聲音從手機內流洩出來，彷彿刺激到了那名追著谷芽的怪人。

怪人猛地加速，從喉中逸出了嘶啞的吼聲，聽起來竟像斷斷續續的「血」字。

「谷芽，那是什麼聲音？」手機另一端的同學驚恐地大叫。

「我、我不知道……」谷芽轉頭看了後方一眼，眼睛登時瞠大。

那名怪人的手上竟平空生出了赤色的火焰。

突來的火光將怪人的影子投映得如此巨大，落在大樓牆面上，有如某種漆黑的怪物。

下一秒，火焰消失，黑暗重新從四面八方聚攏。

快速的明暗變換讓谷芽回過頭時來不及注意腳下狀況，她踢到了被隨意丟棄在巷內的垃圾，身體驟失平衡，整個人只能狼狽地往前摔倒，手機從鬆開的手指間飛了出去。

手機砸上路面的聲響，似乎也重重砸在了谷芽的心裡。

她急促地喘著氣，想要趕快爬起撿回手機，但從上頭罩下的龐然陰影阻止了她的動作。

披著獸皮的怪人就站在她眼前，咧開了詭異的笑容。

不遠處的手機裡還連連傳出焦急的喊聲，想要知道谷芽的情況。

谷芽坐在地上，仰著頭，像是沒意會到自己的膝蓋和手心都擦傷了。

她看見那人朝自己俯下身，張開了嘴巴。

露出了森白尖利、不似人類會有的獠牙。

谷芽甚至來不及醞釀尖叫。

第一章

「啊啊啊啊啊——」

毛家的這一天早上，是由少年的尖叫聲拉開序幕的。

三分鐘前，毛絨絨打著呵欠，腳上踩著一雙毛茸茸的白色室內拖鞋，還是小鳥造型的，半是惺忪地準備下樓做早餐。

為了讓毛茅和黑琅打消對他翅膀的覬覦，待會的早餐就是炸雞翅了。為此他在昨夜的夢裡演練做法好多次了。

雖然是第一次做，但肯定能成功的，只要他將對毛茅的愛意與對陛下的懼意都投入進雞翅裡面……

就絕對沒有問題的！

毛絨絨甚至有些小激動，原本還徘徊在眼內的睡意消融得一乾二淨，迫不及待地想趕緊進去廚房大展身手。

只是才剛繞過樓梯轉角，毛絨絨就呆立在原地不動了，傻愣愣地看著坐在樓下喝茶的兩個人。

這個家除了自己以外，的確還有兩個人沒錯。

一個是一家之主毛茅，一個是有時會轉換成人形的黑琅。

可問題是，樓下的那兩個人……既不是毛茅也不是黑琅啊！

毛絨絨一時還以為自己眼花了，他揉揉眼睛，又緊緊閉了一下再睜開，努力聚焦。

客廳的兩條人影還在，沒有絲毫消失的意思。

坐在沙發兩端、中間隔出空位的是兩名五官俊朗的紫髮少年。眉眼線條特別凌厲，像刀鑿出來似的，但臉上漫不經心的神情又軟化了不少那份硬度。

他們有著一模一樣的長相，就連髮型也一樣，都是綁著公主頭，額前幾綹劉海挑染。差別只在於一個染成黑，一個染成白。

毛絨絨一出現在樓梯間，兩名少年就注意到了。兩雙深紫色的眼珠同時朝上望去，他們舉了舉手上的茶杯，權當是向對方打招呼。

那份泰然自若又理所當然的態度，彷彿他們才是這個家的主人。

毛絨絨嘴巴張大又閉上。他重複了這個動作好幾次，終於確認眼前的景象不是他一早起來產生的幻覺。

毛茅在樓上睡覺，陛下也還在睡，換句話說……

他們家被人入侵了啊啊啊啊啊！

有人擅闖民宅了啊啊啊啊啊！

毛絨絨在內心吶喊著，實際上聲音也跟著從他嘴巴裡流洩出來，在安靜的屋裡迴盪著高八度的驚慌尖叫。

「啊啊啊啊啊啊——」

毛絨絨緊抓著樓梯扶手，看起來像要衝回樓上，又深怕樓下的兩個闖入者心懷不軌，說不定會破壞家裡的什麼地方。

「陛下！陛下！快下來啊！」毛絨絨聲嘶力竭地向黑琅發出了求救訊號，還不忘在言語中暗示黑琅務必以人類的姿態出現，「家裡有壞人跑進來了！陛下，快用你高大威武凶狠的姿態把他們趕跑啊啊！」

沙發上的兩名少年有志一同地以手指塞住一邊耳朵，作爲對噪音的抗議。等到毛絨絨喊得累了，他們才慢吞吞地各自開口。

「眞過分，誰是壞人啊？」

「是你吧，長得比我凶。」

「明明是長得比你帥吧。」

「胡扯，我可是打從娘胎裡就比你還要帥上那麼一個指節長的距離。」

不，你們兩個分明長得沒哪裡不一樣吧？毛絨絨被兩人的對話拉去注意力，控制不住地在心底吐槽。

紫髮的雙胞胎兄弟很快結束了他們的爭執，雙雙把目光投向目前唯一看到的大活人。

「所以，不記得我們了？」項冬問。

「其實不記得也無所謂。」項溪說，「我們也不在意。」

「那你們幹嘛……」毛絨絨倏地意識到自己險些被他倆的話牽著走，忙不迭嚥下未竟的話，改繼續扭頭朝樓上求援，「陛下！陛下你聽到了沒有？你動作再不快點，歹徒就要……」

「太沒禮貌了。」項冬放下茶杯，率先站起。

從毛絨絨的角度，可以瞧見項冬身下的影子驀然翻湧。下一剎那，一把像是白色金屬打造的短槍被他握在手中。

「你你你想幹什麼！」毛絨絨驚叫一聲。

項冬冷靜沉著地說，「拿槍比較符合歹徒的概念。」

「咿啊啊！」這樣的解釋讓毛絨絨本來就白的臉孔頓時連血色都褪光光了，「陛下啊啊啊啊——嗚噗！」

最後的突兀轉折不是毛絨絨忽然想嘗試一下哀號聲的變化，而是有坨龐然大物冷不防砸上了他的腦袋。

毛絨絨只覺脖子差點要被那有若千斤墜的重量給硬生生壓斷了，他好像都聽見「喀」的一聲。

「一大早吵什麼吵，不知道毛茅還在睡覺嗎？信不信朕踩爆你的頭啊？」將那顆雪白腦袋當成踏板的黑琅靈巧地躍跳下來。

一看清那抹黑影，毛絨絨顧不得自己的脖子剛才瀕臨了斷裂危機。他瞪圓眼，張大嘴，另一手顫顫地舉了起來。

「陛陛陛陛……爲爲爲爲……」

陛下，爲什麼你是貓形出場啊！

毛絨絨用了極大的力氣，才將這聲悲慟的吶喊壓了回去。

「你的舌頭呢？終於被外面的野貓叼走了嗎？」黑琅瞥了似乎失去正常說話能力的毛絨絨一眼，眼底含帶深深的鄙夷，「朕問你話，是不會回答嗎？」

陛下，你這種問法根本前後矛盾好不好……毛絨絨在內心淚流滿面地想。

「陛下，樓、樓下啊……」他用虛弱的氣聲說。

黑琅扭過了頭，和客廳裡一坐一站的兩人直直地對上眼。

這一刻，時間彷彿被按下了停止鍵。

黑琅呆滯了好一會，才猛然領會過來——

自己剛剛一隻英俊無比的貓在說話，通通都讓那兩個人類小崽子給看得一清二楚了！

「爲什麼你沒先跟朕提醒！」黑琅暴怒地衝著毛絨絨吼。既然都被發現了，他乾脆破罐子破摔，也不試圖遮掩會說話的事實。

「我……我明明有啊……」毛絨絨深感委屈，「我剛不就拚命地給陛下你打暗示嗎？」

「哪裡啊？你說啊！」黑琅亮出了鋒利的爪子。

「高、高大威武凶狠……」面對逼近的爪子，毛絨絨噙著豆大的淚珠，戰戰兢兢地爲自己辯解，「這些不都是超明顯的提示嗎？要陛下你變作人下來……」

「朕聽你放屁！這是哪門子的提示！」黑琅凶悍地一掌揮出去。

當然有記得收起利爪，免得眞在那張臉上留下血痕，讓毛茅反而教訓自己怎麼辦，說他傷害到了儲備糧食。

反正只要不見血，他還是可以盡情欺負毛絨絨的。

毛絨絨越發委屈，不明白自己哪一點說錯了。

被冷落的項冬、項溪毫不在意，一個起身自動去廚房翻找食物，一個繼續喝他的茶，簡直就把這裡當成自己家一樣。

「高大、威武、凶狠，這三個詞不就是形容朕此刻的模樣嗎？」黑琅目光赤裸裸地寫著「蠢蛋」，「朕現在有哪裡不符合嗎？你老實說出來，朕不會對你怎樣的。」

與黑琅同住這段時間以來，毛絨絨早就學會讀懂對方的言下之意。

朕不會對你怎樣的——

頂多是打死你而已。

毛絨絨吸了吸鼻子，他又不是傻了，哪敢說實話？要是他一說出「陛下你現在明明身材短還胖」，他估計就不用見到明天的太陽了。

不，很可能連今天的月亮都看不到。

面對一隻大黑貓的欺壓，白髮少年縮著身子，在樓梯間瑟瑟發抖。

結束這場貓對人霸凌的，是無預警從後方探出的一隻手臂。

那手臂看起來細細弱弱的，卻能輕易拎起不知究竟幾公斤重的黑琅——他的體重至今仍是未解之謎，總之很重就是了。

突來的懸空感讓黑琅大驚，「是誰？是誰偷襲朕？」

「大毛你眞的是吵死了……」尾音像仍浸染著幾絲睡意的稚氣嗓音說，「還有毛絨絨也是呢，吵得不得了。我只是想多睡個十幾分鐘，你們那麼想要今晚我把你們綁得連嘴巴也張不開嗎？」

「毛茅！」毛絨絨又喜又怕地抬高頭，看著單手拎起黑琅的紫髮男孩。

喜的是，毛茅的出現將他從黑琅的惡勢力下解救出來。

怕的是，毛茅很可能會實行他說的最後一句話。

想到之前的幾次綁縛經驗，毛絨絨抱著自己，再次瑟瑟發抖起來。

說出如此危險話語的毛茅拎著黑琅，視線掃向了樓下的兩名不速之客。對那兩張如出一轍的面容，他記憶猶新。

「早安，還有歡迎啊，向南學長跟向北學長。」他微微一笑，金眸彎成弦月狀，笑容天真又無邪。

「你的語氣裡完全聽不出有歡迎的意思。」項冬停下了吃麵包的舉動。

「你是故意把我們名字唸錯的吧？」項溪也放下茶杯，「而且姓氏聽起來是同音，但肯定也是錯的字吧？」

「哇，兩位學長還有自知之明眞是太好了。」毛茅狀似驚喜地說，臉上還是笑咪咪的，「大毛。」

被拎住後頸肉的黑琅霎時化成一團霧氣，再一眨眼就成爲毛茅手中的墨色長鞭，表面散發宛若金屬的光澤。

毛茅提著長鞭，一步一步地走下樓，「學長們，知道常識怎麼寫嗎？我很樂意告訴學長們的喔。」

「這句話居然是從一個手拿鞭子的小朋友口中說出的，我都快要認不出『常識』兩個字是長怎樣的了。」項冬面無表情地起身。

「說得你好像有認識過。」項溪做出跟雙胞胎兄弟相同的動作。

毛絨絨一驚，想起項冬方才還召出過契靈，連忙跑了下來，手裡抓著平空浮現的多枚羽毛，就怕項冬、項溪又要再叫出白色短槍。

但出人意表的是，那兩人繞到沙發後，各捧出了一個箱子。

箱子上畫著毛茅他們再熟悉不過的橘色花朵。

「送貨來了。」項冬說。

「項氏快遞，包你滿意。」項溪說。

「再額外多送小禮物，作爲闖入你們家的賠償。」項冬空出一隻手，像變魔術般拿出了一串洋芋片。

多包洋芋片連接在一起，像一條瀑布從項冬手中垂下，直拖到地面。

「咦？」毛絨絨被驟轉的情勢弄得傻了。

「哎！」毛茅則是立刻笑得甜蜜可愛，身邊像有無數小花開綻，手裡的鞭子往旁一扔，「謝謝項冬學長。」

「我也有出一半錢的。」項溪出聲。

「也謝謝項溪學長。」毛茅乖巧地道謝，下一瞬他迅速地將那串洋芋片搶奪過來，同時對兄弟倆耳語，「不過學長們下次再沒經過主人允許就進來的話，我會把你們剝光衣服扔到馬路上，並且跟爸爸說有變態闖入家裡喔。」

毛絨絨沒聽見毛茅說了什麼，只見像是只有一號表情的項家兄弟驀地臉色大變。

「陛下，毛茅跟他們說了什麼呀？」毛絨絨問著變回大胖黑貓的黑琅。

「朕哪知道。」黑琅舔舔自己的毛，睥睨地瞥視過去，「你可以滾了，不要在朕面前礙眼。」

「啊，好的。」白光一閃，毛絨絨從少年姿態變回了雪球鳥，準備要在地板上好好地滾動起來。但身子剛一施力，猛地頓住。

他用兩隻短翅膀捧住臉，做出了接近驚恐的表情。

但沒人注意到他。

「那個，請理我一下啊……毛茅……」毛絨絨試圖做在場唯一尋回理智的鳥，「毛茅、陛下，你們是不是忘了什麼重要的事？」

「重要的事？早餐！」毛茅恍然大悟地一擊掌。

「蠢鳥，還不快去做！要是毛茅沒有早餐吃，永遠長不高就通通是你的錯！」黑琅凶巴巴地斥喝。

毛茅不客氣地捏了黑琅肉乎乎的頰邊肉一記。

「不是啊……」毛絨絨努力做著最後掙扎，「那兩個向……向什麼方向的人類，他們看見我跟陛下了，看見鳥跟貓會講話，貓還會變成鞭子，鳥更是會變成絕世美少年啊……」

「在朕的美貌面前，你只是一坨渣渣。」黑琅一腳踩住了毛絨絨，另一隻腳「噌」地冒出閃著凜凜寒光的利爪，「至於那兩個知道太多的人類，就由朕來直接……」

「早就看過了喔。」項冬聲音拉長，沒有高低起伏。

「很多次了。」項溪像沒看見黑琅的恫嚇，繞進了廚房裡，同樣少了抑揚頓挫的嗓音從裡頭傳出來。

「我們送貨來的時候早就看過了，時芽山莊裡也看過了。凌霄先生也知道這事，他有說你們倆是眞．仿生契靈。早餐我來做吧，廚房借我。」

「咦咦咦？你們早就知道？」被貓掌踩得有些變形的毛絨絨震驚地喊，「但是……但是你們什麼都沒表現出來……」

一般人都會難以置信，覺得匪夷所思，然後想把陛下和超級無敵可愛的他送去研究所解剖的吧！

「表現出來會有好處嗎？沒有。把這事鬧大的話會被雇主凌霄先生宰掉嗎？百分之五百的機率會。」項冬推著比自己矮快一個頭的毛茅往廚房的方向去，「雇主交代過，要是我們的存在一旦被你發現，就要正大光明地出現，多關心你的日常生活起居，他會給我們加錢的。」

等等，分明是你們自曝存在的吧？

還有，正大光明地出現跟擅闖民宅完全是兩回事好嗎？

你們是爲了錢才接近毛茅的對不對！

毛絨絨力圖讓毛茅明白這兩人其實心思險惡。

然後他就從圓球被踩成餅狀了。

「啪唧」一聲。

□

做完早餐，送完今日對毛茅的溫暖後，項冬、項溪兩人在前往學校的路上半途消失了，也不曉得是跑到哪裡去。

毛茅也不在意，反正在他心中，這兩位學長本來就神神祕祕的，突然出現或消失都在正常範圍內。

不過除魔社的社員總算是全部解鎖了啊。

毛茅覺得上次去時芽山莊參加特訓，就好比是玩遊戲拿到了通關道具，觸發了隱藏角色。

於是他一直沒機會看到的項冬、項溪就這麼露面了。

唉，爲什麼社團最後曝光的兩人是學長呢？要是換成學姊該多好，如果是像木學姊那樣擁有驚人上圍的學姊就更好了！

毛茅惆悵地想著，惆悵地把包包放到自己的座位上，再惆悵地面對起今天的考卷攻擊。

快期中考了，複習用的考卷數量一下子暴增許多。

讓毛茅覺得自己像一株在風雨中飽受摧殘的幼苗，他須要吃多一點的洋芋片壓壓驚，安撫受創的心靈才行。

毛茅一向是想到什麼就做什麼的個性。

於是中午前的每節課，他都發揮高超的技巧——在課堂上偷吃洋芋片。

前陣子換座位剛好換到毛茅斜後方的林靜靜目睹了全程，她忍不住露出難以言喻的表情。

毛茅這傢伙……到底帶多少包洋芋片到學校啊？

他的鈉離子不會攝取得過多嗎？

雖說心裡滾過如此多的疑問，身爲副班長的林靜靜也沒有向老師報告說有人上課偷吃東西。

毛茅不曉得自己同學的內心活動，考卷寫得不甘不願，洋芋片倒是吃得興高采烈。

邊吃洋芋片邊不斷喝水的結果就是……

他急著跑廁所了。

下課後毛茅快步走出教室，經過林靜靜和另一位同學的身邊時，正巧從她們的聊天中捕捉到了幾個關鍵字眼。

學姊、逃課、被咬、吸血鬼。

引起毛茅興趣的，是最後一個字眼。

吸血鬼？那個常在小說和電影裡出現的虛構種族嗎？

有著獠牙，通常是長得帥或長得美，皮膚像大理石一樣蒼白，披著大披風，只在夜晚出現。喜歡吸食人類的血液，通常咬脖子爲主，會在上面留下兩個血洞，還會變成蝙蝠，害怕陽光、十字架、大蒜，以及被木樁刺穿心臟。

毛茅想插話問一下，但廁所在呼喚他，只好先暫時壓抑自己滿滿的好奇心了。

毛茅從廁所回來後，林靜靜還在教室外面的走廊上，只不過身邊的人換成了凌淨。

「啊，毛茅。」凌淨率先注意到毛茅，朝他招了招手，「你要吃糖果嗎？」

「要。」毛茅三步併作兩步地靠過去。他愛洋芋片，也愛其他好吃的零食。

凌淨每次看見毛茅都很想摸摸他的頭，誰讓對方長得乖巧可愛。尤其被那一雙圓滾又微勾的大眼睛一瞅，頓時讓人保護欲兼母愛迅速大增。

「凌小淨，有糖果居然不分我？」林靜靜故作生氣地瞪大眼。

「誰讓妳又故意講些可怕的東西嚇我。」凌淨哼哼幾聲，但還是將草莓糖分給了林靜靜。

「可怕的東西？」毛茅問道：「鬼片嗎？恐怖片嗎？驚悚片嗎？」

「對我來說它們本質都一樣啦。」凌淨一聽到這幾個詞就苦著臉。自從在小紅帽事件中飽受驚嚇後，她對非現實的東西都想敬而遠之了，「毛茅我跟你說，林大靜剛剛竟然告訴我，我們這裡有吸血鬼出沒。」

「吸血鬼？」毛茅語氣高昂了幾分，一雙金澄色的眸子不由自主地睜圓。

看在林靜靜和凌淨眼中，兩人同時都想到了看到有趣東西而忍不住興奮揮爪的貓咪。

眞……眞可愛啊！

兩名少女在心裡發出了無聲的激動大叫。

「靜靜、小淨？」毛茅納悶地在突然沒了聲音的少女面前揮了揮手。

「啊。」林靜靜連忙回過神，「怎麼了嗎？」

毛茅歪著頭，「小淨說這裡有吸血鬼出沒，是眞的嗎？我怎麼都沒遇過？」

「毛茅，你聽起來很想要遇見，是我的錯覺嗎？」凌淨乾笑幾聲。

「能夠在這個科學的世界裡看見不科學的東西，不覺得很讓人期待嗎？」毛茅說。

「老實說，這話從你嘴巴裡說出來，眞的是……」林靜靜拉長了聲音，「一點說服力也沒有呢。除魔社可一點也不科學，黑琅和毛絨絨也不科學。」

「我就很科學啦。」

「是是是，你最科學了。我們剛說到……噢，吸血鬼。凌小淨說的這裡，可不是指我們學校，是指榴岩市。」

「欸？所以眞的有吸血鬼嗎？有人看見了？有人碰上了？」

林靜靜環顧四周，再對毛茅和凌淨招招手，要他們靠過來一點。

「還眞的有人碰上了，這就不是聽說了。」

「不是吧？眞的有人碰上？誰？林大靜，不會就是妳吧？」

「先讓我說完，別急嘛。碰上的是我們社團的二年級學姊，我是指新聞社的。那位學姊的名字叫谷芽，根據她所說，她是前幾天在防火巷裡碰上那個吸血鬼的。」

「她怎麼會跑到防火巷去？」

「我記得是想抄近路去買東西……然後巷子裡就忽然出現了一個手上會冒出火，像披著一件獸皮的詭異人士。」

「冒、冒出火？那聽起來的確不像人類耶……然後呢？然後呢？」

「然後她還看見那個人的犬齒像野獸一樣，是尖尖長長的兩根獠牙呢。她被對方咬了一下，但對方忽然又像被什麼嚇到般跑走。」

「欸？」毛茅的好奇心竄冒得更茁壯，「那個疑似是吸血鬼的也可能只是個變態，是被什麼嚇跑的？」

「學姊一開始也不知道，後來她發現自己那天戴的項鍊是十字架造型的……不管她碰上的是不是吸血鬼，總之，幸好只受了點輕傷。」林靜靜輕吁了一口氣，她喜歡八卦，但也不願意見到認識的人身陷危險之中。

「我覺得是吸血鬼，肯定是吸血鬼。」凌淨還是如此堅信著，「不然普通人怎麼可能會有獠牙、會平空生火，還會被十字架嚇跑啊？靜靜，該不會之前那位失蹤的高三學姊，就是被吸血鬼給綁走的？」

「這都什麼跟什麼啊……」林靜靜哭笑不得，「凌小淨，妳的想像力比我還豐富吧？」

「失蹤的高三學姊？」毛茅沒想到又冒出一個他沒聽過的事件。

「就是前天吧，有一位高三學姊失蹤。」林靜靜對各種小道消息真的是信手拈來，「說是失蹤，不如說是離家出走兼逃學比較正確。那位學姊我記得是姓歐，她突然就沒來學校，也沒請假，家裡人急得報警，她的同學也不曉得她的去向……結果過不久，她就主動傳了訊息給家人和朋友報平安。」

只不過謠言向來傳得最快，事實往往容易被人忽略，錯誤的資訊傳遞才會演變成凌淨現在的誤會。

「原來如此呀……」毛茅了解地點點頭，將重心又放回吸血鬼事件上，「靜靜，那位谷芽學姊是第一個碰上吸血鬼嫌疑者的人嗎？」

「不是喔。」林靜靜掏出手機，找出了和其他人聊天的對話視窗，「我看一下……其實最開始，我們社就有學長拍到了可疑照片。因爲距離遠有些模糊，看起來也挺像誰披著皮草大衣似的，所以那時候學長只覺得這個背影怪怪的。直到幾天前，谷芽學姊發生了那事，才有人猛然想起這張照片。」

「那谷芽學姊怎麼說？」凌淨急切地追問著，「她有認出來照片裡的就是想要襲擊她的那個吸血鬼嗎？」

「首先，這是背影，而且還是糊掉的背影。」林靜靜收起手機，一攤雙手，「更不用說那天學姊還是在晚上的防火巷裡遇上那位疑似吸血鬼先生……唔，我自己都覺得好拗口喔。」

「那就稱呼他變態好了。」毛茅拍掌決定，「好喊好記，對吧？」

「感覺沒辦法否認呢。」林靜靜說，「目前我們社團是打算收集更多這個變態的相關消息，學長姊們看起來想要將這事情寫成一篇報導。不過在追查到進一步的證據之前，社長讓人先把那張背影照放上網，簡單地說了谷芽學姊碰上的經歷，希望大家多注意一點，有更多情報都歡迎分享。」

「是哪個網站？我也想追一下最新消息。」換凌淨拿出手機。

林靜靜說了網站的名字，那是毛茅和凌淨都知道的知名學生論壇，裡面分出了許多子板，用來討論不同類型的事物。

「原來是這裡啊，我記得榴華新聞社還有一個專屬的個板對不對？」凌淨回想著林靜靜以前曾跟她提過的，拇指靈活地在螢幕點按，「啊，看到了、看到了。『榴岩市內是否眞有吸血鬼出沒？披著獸皮、有著獠牙的，是人抑或是……』這標題取得眞有懸疑風啊。」

「太一板一眼就不會有人注意到這帖啦，這是社長原話。」林靜靜輕聳肩膀。

凌淨滑著手機，接著吃驚地低呼，「欸欸，有其他受害者出現耶。」

「什麼？」林靜靜和毛茅不禁一驚。

凌淨趕忙將手機往前一伸，讓兩位朋友也能看清手機上的內容。

正如凌淨所說，吸血鬼討論帖的底下，今天多了幾則新留言。

披獸皮的怪人我也有看到耶！但他跑太快了，一下就不見，快得簡直不像人類啊！

我、我本來以爲是遇上變態，他突然衝過來，就想咬我脖子……但還沒咬到就忽然不見了，現在想想，我的包包一直有掛十字架的吊飾呢。

那個，我……我好像眞的被咬了。我是走在小巷裡，忽然間就沒了意識，醒過來後也沒發現有什麼不對。結果回家照鏡子，才發現脖子上有血，還有兩個很小的洞，接下來幾天還出現貧血現象……

接在後面的，就是一連串質疑或附和的各種聲音。

凌淨往下繼續刷，沒發現其他更值得關注的消息。她抬頭看向林靜靜，猛地一把抓住了對方的手臂。

「靜靜，拜託妳這陣子都陪我上下學了！」

「我是沒差啦，反正我們就住隔壁……毛茅，怎麼了嗎？」

林靜靜瞄見紫髮男孩露出了若有所思的神情，就好像在深思一個重大問題。

「有人確認那個獸皮變態是男還是女的了嗎？」毛茅冷不防地問道。

「毛茅，你該不會是認爲……」電光石火間，林靜靜靈光一閃。她瞪大眼，嚥嚥口水，目露驚疑地朝毛茅用口形吐出了兩個字。

魔女。

毛茅的確在懷疑，所謂的吸血鬼會不會就是魔女？畢竟當初都有人魚僞裝成幽體的外貌了。

再來一位魔女把自己弄得像吸血鬼，也許也不是沒有可能的。

雖然說，至今好像還沒聽說過有哪位魔女會以血液爲食……她們都是吞吃人類的契魂及血肉，主要是肉。

「假如只是單純的變態就好了。要是眞的是非人類……」毛茅說，「我晚點去跟社長他們問看看吧。」

凌淨看著氣氛倏地轉爲凝重的兩人，她還想再多問一些，但響起的上課鐘聲讓三人只能匆匆結束了聊天。

「吸血鬼？」

時衛抬起頭，看向了站在社辦門口的一年級學弟，漂亮的桃紅色眼睛微瞇起來，手上舉的筷子也暫時擱下。

時衛難得沒在玩手遊，而是在社團辦公室的長桌前吃著便當，屁股下坐的那張椅子，當然是他的豪華專用椅。

「對啊，聽說榴岩市出現了吸血鬼呢。社長你有聽……啊，社長原來你也會吃飯。」毛茅又看了一次，確定自己沒有看錯。

那確實是一個便當盒，而不是長得像便當盒的手機。

「不然你以為我該吃什麼？」時衛翻了一個優雅的白眼，「吃遊戲就會飽嗎？」

毛茅回想了下，他來社辦吃中餐的時候，看見的幾乎都是時衛在玩手遊的模樣，也不能怪他以為對方是靠吃空氣、喝露水過活的。

「社長的便當看起來眞是華麗呢。」毛茅拉開椅子坐下，將自己的中餐從袋子裡拿出來。

他今天從家裡帶了便當，還不曉得裡面長怎樣。負責做便當的毛絨絨一臉自豪，表示自己在裡面注入了濃濃的愛。

毛茅不想要那種東西，他只想要便當菜色豐富一點。

「華麗嗎？這是小雪做的。」時衛的語氣沒有絲毫起伏，簡直像是化成直線的心電圖。聽出異樣的毛茅困惑地再抬起頭。這一次他仔細觀察了時衛的便當菜色，然後換他不由自主地跟著面有菜色了。

乍看下宛如集高超刀工與精緻擺盤於一身的便當，赫然是只由白飯、青椒、苦瓜和紅蘿蔔所組成的。

而這些，通通是時衛不愛吃的食物。

事實上，毛茅也不愛吃。

「社長，加油撐住喔。」毛茅真誠地爲時衛打氣。

「想替我加油就幫我吃掉一半的菜。」時衛說。

「那是你妹妹對你的愛，要是我吃掉的話，感覺會遭天打雷劈呢。所以社長，請自己努力。」

「這根本是小雪對我玩手遊的濃濃怨恨具現化吧。」時衛一臉愁大苦深地挾起了雕成玫瑰花的紅蘿蔔，「在還沒抽到紅薔薇聖女之前，我是不會停止課金的。」

說得好像社長你之前都沒課過金一樣呢。毛茅覺得身爲體貼的學弟，就該把這句吐槽呑回去。

取而代之，他說的是，「我又抽到第二隻紅薔薇聖女了呢，社長。」

時衛「啪」的一聲放下筷子，總是掛著慵懶神情的臉在這一刻凝聚出濃烈的殺意。

幾秒過後，時衛又恢復一貫的懶散了。只是暗地裡開始思量，下回自己要抽卡的時候，是不是該把毛茅綁架過來？

這小不點的好運……未免也太驚人了。

毛茅頓了頓打開便當盒的動作，困惑地望望四周，不明白剛剛怎會瞬間感到寒意。

推論是錯覺的他沒再多想，開始期待起今天中午會吃到什麼。

他打開便當盒的上蓋。

一片紅色加白色。

毛茅把蓋子蓋回去，再重新打開。

還是一片紅色加白色。

這搶眼的配色讓時衛也看了過來，頓時大感心裡平衡許多。相較於他那個絕對能榮登小朋友最不喜歡的蔬菜便當，毛茅的看起來……

讓人一言難盡。

白色是白飯，紅色則是新鮮的番茄切片，在飯上擺成了一個愛心的形狀。

就某方面而言，確實是毛絨絨注滿愛意的便當。

「嗚呃呃呃……」毛茅發出了呻吟聲。這種便當對還處於發育期的男孩子來說，實在是太虐待人了。

這是什麼最新的整人方式嗎？有誰會只把番茄當作配菜啊？就算擺成愛心，也改變不了它們只是番茄的事實。

「加油撐住，好嗎？」時衛用他那華麗的聲音，像是朗誦詩歌般地說。

「社長，你有時候眞的很討人厭耶。」毛茅皺著一張臉，將被白飯熱氣蒸騰過一輪的番茄一片片挑了出來。他還寧願先單吃白飯，之後再來解決掉這些番茄。

「誰對你有深仇大恨，替你準備這種便當的？」時衛說，「那紅通通的一片，讓人想到你剛提到的……噢，對了。」

時衛打了一個響指，把最初的話題找了回來。

「吸血鬼。」

「很高興社長你終於記起我們最開始的話題內容是什麼了。」飽受打擊的毛茅連說話都少了抑揚頓挫。他將被番茄汁液染紅的白飯挾起，臉上此刻的表情和時衛方才吃紅蘿蔔雕花時無異，「你也加油呢，苦瓜兔子還在等著你吃掉它。」

互相傷害的下場就是……

白烏亞從社辦外走進來，看見時衛和毛茅都是一副萎靡不振的模樣。

「毛茅，怎麼了？」白烏亞關心地問自家直屬學弟。

時衛也不介意自己被人無視，他眼睛一閉，將最後的苦瓜塞進嘴巴裡，囫圇地咀嚼了幾下便豁出去地一口吞下肚。

時衛的眉毛在這瞬間像要擰出一個結了。

「好了，我吃完了，可以來談吸血鬼是不是跟魔女有關了。」時衛把便當盒往旁邊一推，那股氣勢與速度，彷彿他推的不是便當盒，而是隨時可能會引爆的炸彈。

「吸血鬼？」這回換白烏亞摸不著頭緒了。他訝異地重複了這三個字，接著藍眼中滑過一抹恍然大悟，「難道說，是最近在市裡出沒、披著獸皮的吸血鬼嗎？」

「烏鴉／烏鴉學長，你知道？」時衛和毛茅異口同聲地問。

白烏亞將自己帶來的飯糰放在桌上。雖說他現在不用擔心待在班上會爲旁人帶來大小意外，可他已經養成了來社辦吃中餐的習慣。

「新聞社的社長是我同學。」白烏亞說道：「她叫梁青黛。」

他沒有特別提起的是，梁青黛從同班開始，就一直想方設法地想從他與木花梨身上打聽除魔社的內幕消息。

木花梨的交際手腕靈巧，總是露出溫婉的笑容，四兩撥千斤地迴避對方的打探。

至於他，那些靠近他就會發生的大小意外，就足以讓對方退避三舍，和他保持距離了。

「吸血鬼的事在我們班上也傳開了，但沒多少人相信。」白烏亞拆著飯糰的包裝，「二年級的似乎比較傾向寧可信其有。」

毛茅剛要脫口問爲什麼，一個人名就先在他腦中躍跳出來。

谷芽她就是二年級的學生，同時也是吸血鬼的受害者。

「是谷芽學姊的關係嗎？」毛茅問。

「這邊我來說吧。」時衛把話語權攬了過來，語氣沉穩正經，只是他又陷入了他妹妹口中的網癮廢人模式。

他拿著手機打遊戲，搭配遊戲中的音樂，將自己目前掌握到的事態，有條不紊地說了出來。

「二年級會比較相信有吸血鬼的原因，在於谷芽遇襲的那天，手機正好是通話中。她的同學聽見了整個過程，嚇得衝去找她。趕到現場的時候，就只看見谷芽一個人而已，脖子上有著被咬出的痕跡。」

這下毛茅理解了，有谷芽同學作證，吸血鬼的眞實性頓時提高許多。

「我去看過那個叫谷芽的二年級了。」時衛說。

毛茅和白烏亞都清楚時衛的「看過」，指的是確認對方是否有契魂，以及是否被魔女做了記號。

「她沒有契魂。」時衛頭也不抬地做了結論，「顯然那位披著獸皮，品味有極大問題的吸血鬼，就只是個變態。」

「社長認爲吸血鬼不存在嗎？」毛茅只是單純的好奇。

「過去歷史上，也有出現幾次所謂的吸血鬼。」時衛仍是低頭玩著遊戲，聲音則清晰地傳進了在場兩名社員耳中，「但最後都證實他們是血液依賴症的患者。」

「血液依賴症？」

「或者說血液上癮症也可以。他們認爲吸食他人血液能爲自己帶來健康，治好身上的疾病。有的是私下拿到血袋，有的是乾脆攻擊他人。從時間順序來講，血液依賴症患者的存在，讓後人以此爲原形，塑造出了現在我們在電影或小說上所看見的吸血鬼。」

「嗯，這果然是科學的時代呢。」毛茅愉快地說道。

在旁斯文吃著飯糰的白烏亞，用點頭來附和自己的小直屬。

假如林靜靜在場，大概白眼會狂翻個不停了。「科學」兩字從除魔社的人口中說出來，才是最不科學的吧！

「社長。」毛茅舉起手，「那吸血鬼事件我們還要關切嗎？」

「讓新聞社的人去弄吧。」時衛提不起半點興趣。既然被襲擊的人沒有契魂，那就能直接排除吸血鬼是魔女的可能性了，「小不點，你要是覺得自己很閒的話……」

「小朋友要來打工嗎？」

平板到像一灘死水的雙重奏，不是時衛也不是白烏亞發出的。

毛茅循聲快速轉過頭。

長桌的兩個空位上，不知何時坐著兩道身影。

綁著公主頭，有著相同面容的紫髮少年，坦蕩蕩地接受另外三人的目光洗禮。

也不知道項冬和項溪是從哪邊冒出來的，他們彷彿一開始就待在社辦裡。

時衛和白烏亞似乎早就對這對雙胞胎兄弟的神出鬼沒習以為常，視線投注在他們身上幾秒，又各自轉開了。

毛茅直瞅著兩位二年級的學長，「小朋友是指我嗎？」

「有比你還小的嗎？」挑染著白髮的項冬說，「沒有。」

「有比你還矮的嗎？」挑染著黑髮的項溪說，「沒有。」

毛茅只是笑咪咪地說出了魔法咒語，「我要跟……」

毛茅連關鍵字眼的「爸爸」都還沒說完，項冬、項溪馬上正襟危坐，嚴正地說道：「少年要來打工嗎？包吃包喝還包薪水。」

「後面那個要是沒包，沒人想去吧，學長。」毛茅說，「不過謝謝，我覺得我暫時還沒想要打工。」

他夜裡的打工就挺忙的了，要避開除穢者的耳目狩獵污穢，拿結晶來賺取零用錢。

項冬和項溪對看一眼，在一番眼神的角力中，由項冬獲得勝利了。

所以由項溪開口，「那包見到吸血鬼事件中的女主角呢？」

「咦？」不得不說，毛茅真的被勾起一些好奇心。即使已經排除獸皮吸血鬼是魔女的可能性，但不代表他對那位變態先生不感興趣。

他想知道變態先生是怎麼弄出火的？是怎麼來無影去無蹤的？又爲什麼要披著獸皮大衣？

難道說……眞的有可能是非人類嗎？

許多疑問堆疊在一起，在毛茅心中成了一個毛線團，讓他忍不住想去扒拉著玩耍。

毛茅的眼睛亮晶晶的。

項冬和項溪一看就知道有戲。

「谷芽也在我們待的那間餐廳裡打工。快十月底了，最近要辦萬聖節活動。」

「需要人手支援，負責到外面發氣球跟傳單。」

「學長們不自己上嗎？」

「不要，累，太陽曬。」

「麻煩，累，會黑。還要做特殊打扮，煩。」

「找到長得可愛、個子矮的工讀生幫忙，還能加錢。」

「加錢？加誰的錢？我嗎？」毛茅這個問法差不多是應允了打工的意思。

紫髮兄弟一致搖著頭，理所當然地說，「加我們。」

白烏亞將剩下的垃圾收一收，起身丟進了垃圾桶，正好來到了項冬他們身邊，「當學長的不能壓榨學弟，那不是好行爲。」

項冬、項溪也不矮，但在白烏亞高大修長的體型之前，仍是弱上了幾分。他們感受到來自三年級學長的威壓，肌肉反射性地緊繃了下。

白烏亞站在原地沒動，像座巍然的高山。

體會到要是不說聲好，白烏亞估計就不會回自己位子，項冬平板地說，「知道了，學長。」

白烏亞還是杵著，冰藍的雙眼直勾勾地望著兩位二年級學弟。

「明白了，學長。」項溪忍下翻白眼的衝動，與自家兄弟維持同一號表情，「加錢會加在小朋友的薪水那的。」

爲自己直屬爭取到福利的白烏亞很滿意，那張漂亮精緻的臉孔閃過瞬間笑意。

項冬和項溪同時撇了撇嘴角。說好的壓榨學弟不是好行爲呢？壓榨他們的獎金就可以嗎？

「愛你啊，烏鴉學長。」毛茅朝白烏亞比了個小心心的手勢。由於社辦裡學長太多，他沒忘記前面加上稱呼。

白烏亞靦腆地眨眨眼。

「既然沒問題的話，時間地點我再發給你。」項冬說，「店裡會提供萬聖節裝扮的服裝。」

「如果你想自己帶的話也可以。」項溪說，「或是家裡有什麼適合的小配件也能帶來。」

「我問一下喔。」毛茅快速傳了訊息給毛絨絨，要他幫忙問問黑琅。

家中的一些東西都是黑琅在收拾整理的。

毛絨絨很快傳來了回應，發來的是加工過的照片。

照片是黑琅的貓臉，旁邊配上霸氣十足的一行字。

你最好的萬聖節配件，當然就只有朕！

□

天氣相當好，或者可以說好過頭了。

十月應該是秋季，但過於灼熱刺眼的陽光，簡直就像仍身處於夏季。空氣裡的熱度黏附在行人身上，讓人忍不住想加快腳步躲進陰影裡。

這時候，有冷氣的店面是最受歡迎的了。

再來就是有遮蔽物的地方。

開在街角處的「糖與辣椒」小餐館，是榴岩市著名的餐廳。除了提供正餐外，他們的咖啡及鬆餅也相當有名。

因此即便還未到晚餐時間，店內也已一位難求，晚到的顧客只好選擇店外的露天座位，好在還有遮陽棚擋去了陽光與部分高溫。

除此之外，此時坐在外面的顧客還能享受一項福利——欣賞俊男美女。

就在最邊角的座位那邊，有一組男女客人簡直像從畫中走出來的一樣。

灰髮青年高挑俊美，黑髮少女貌美過人。

倘若不是他倆氣質冷淡，尤其黑髮少女周身還像環著凜凜寒氣，在座的其他人恐怕早就前仆後繼地上前搭訕了。

而當眾人在欣賞他們外貌的時候，成為注目焦點的他們則是目光緊盯住某一點。

在白烏亞與高甜前方不遠處，有兩名穿著糖與辣椒制服的店員，正向經過的路人們發送傳單或是氣球。

女店員著白上衣、紫領帶，搭配紫色的短裙，及膝的條紋襪色彩鮮艷；男店員的制服也是相同的顏色搭配，裙子改成了短褲，同樣也有一雙紫黃相間的條紋襪。

但比整套服裝還要搶眼的，莫過於他倆頭上戴的貓耳髮箍，還有身後的那條貓尾巴。

其中的男店員，就是被項冬他們挖來短期打工的毛茅了。他當然沒有達成黑琅的願望，把對方帶過來當自己身上的裝飾品。

就算是脖子再怎麼強而有力，毛茅也不想頂著大太陽，圈著一條毛茸茸的黑貓圍巾。

一拿到自己的服裝，毛茅頓時明白了餐廳老闆為什麼會希望項冬他們找個可愛還要個子矮的男孩子過來。

嗯，條紋膝上襪和短褲，還真不是普通男生適合穿的。

毛茅試想往除魔社的眾男性身上一套……他選擇果斷地關閉他的想像力。

相當巧地，與毛茅一起搭檔在街頭發傳單和氣球的金髮少女，就是林靜靜提過的谷芽。

谷芽綁著高高的馬尾，五官柔和，唯獨一雙眼睛描繪出銳利，給人警戒心強的感覺。

餐廳老闆準備了大量傳單和氣球，想要替配合節日推出的萬聖節套餐大作宣傳。但或許就連他也沒預料到，兩位貓耳店員的魅力比想像中的還要來得強大。

不論是傳單或氣球，都以極快速度消耗掉了。

就算毛茅他們來不及遞出傳單或氣球，路人也會主動伸手索取，甚至還有人央求合影。

通常碰上這種狀況，都是由資歷深的谷芽開口婉拒。她面帶笑容，態度卻是強硬。

「學長、學妹，這個請你們。」項冬從店裡走出來，將兩杯冰飲放至高甜與白烏亞桌上，

「從我和項溪入社到現在，你們是第一次來我們打工的地方。很值得紀念，所以請你們喝飲料。」

「謝謝學長。」高甜說，「聽說學長在幫毛茅的父親打工？」

「只是幫雇主送個貨，順便幫雇主關心他的小朋友。錢多事少離家近，所以是絕對不會讓給其他人的。」項冬先替自己的工作聲明了所有權。

下一秒，項冬發現在差不多可以組成面癱同盟的學長與學妹眼中，分別看到了顯著的情緒起伏。

白烏亞流露幾分羨慕。

高甜則是閃過一瞬殺氣。

其實也可以加入同盟的項冬木著臉，舉起雙手。

「放心好了，我們對成爲毛茅信賴的學長或是值得依靠的朋友都沒興趣，我們只是爲了錢才……」

喔喔！項冬腦中跳出了警告訊號，反射性地往後退了一步。

他話還沒說完，就已經看見白烏亞的羨慕剎那間轉成了與高甜雷同的殺氣。

項冬一步兩步地往後退，然後果決地躲回店裡。

毛茅沒留意到這段小插曲。他和谷芽站了快一下午，高熱的溫度讓他們臉頰發紅，額頭和後頭布滿汗水，更不用說後背的布料幾乎都被汗浸透了。

目睹此景的高甜站了起來，白烏亞忽地喊住她，向她交代了幾句。

高甜點點頭，便推門進入店內。

當最後一顆氣球遞給了一個小女孩，毛茅在心裡歡呼一聲。

終於發完了！

谷芽臉上的笑容也瞬間收起，她笑得肌肉都快僵硬了。

「走吧，全發完就能回去了。」谷芽說。

兩人剛回到店門口，裡頭碰巧有人推門而出。毛茅與谷芽往旁邊退了幾步，好讓店內的人先出來。

一雙雪白無瑕的手進入他們眼內，那有若上白玉石雕刻出的手指間，各拿著一杯飲料。

谷芽驚愕地看著將飲料遞向他們的黑髮少女。同是榴華高中的學生，她自是聽聞過對方的盛名。

那位赫赫有名，幾乎可以將所有優點都往她身上堆疊的大小姐，高甜。

對的，幾乎。

因爲高甜還有個同樣廣爲人知的缺點——她對旁人全然沒有興趣，那雙墨色眸子瞥過去，都像是能在對方的心裡凍起一片寒霜。

「給你們的。」高甜說。

「給……給我們的？」谷芽恍惚地重複著高甜的話語，懷疑自己是不是被太陽曬昏頭了，才會產生幻覺。

但幻覺顯然不會強硬地把飲料塞進她的手裡。

那稍微燙人的溫度讓谷芽一個激靈地清醒過來，她低頭看著手中的飲料杯，再抬頭看向神情漠然的高甜。

大熱天的，他們剛剛還在陽光下站那麼久，這位大小姐塞了一杯熱飲過來是什麼意思？

就連捧著杯子的毛茅也有些懵，「熱的？」

「對，熱的。你可以跟我和烏鴉學長說謝謝。」高甜說。

毛茅踮起腳尖，朝露天座位的白鳥亞露出可愛的笑臉以示感謝，然後又縮回來，垮著臉委屈地說，「謝謝，但是不能喝冰的嗎？」

「不能，流汗喝冰的對身體不好。都幾歲了，不把自己的身體當一回事像話嗎？」高甜是看著毛茅說的，「別擔心，我點的是抹茶牛奶。多喝牛奶才能長高，我相信你還有五公分長高空間的。」

站在旁邊的谷芽不禁也縮起肩膀，感覺自己像一併被人訓斥。

「那個……呃，學妹。」谷芽在高甜目光轉向自己時，忽然生起了自己才是年紀小的那個的錯覺，手腳侷促地不知該怎麼擺放，「其實妳不用破費的，我們員工本來就有喝店內飲料的福利……」

「我知道。」高甜冷淡地打斷。

谷芽接不下話了。

那張雪白昳麗的面容上彷彿寫著一行字——我知道，但我高興怎麼做不須要跟妳解釋。

高甜的確懶得跟誰解釋什麼，包括谷芽手上的那杯飲料，倘若不是白烏亞交代，她也不會為自己朋友以外的人掏腰包。

白烏亞的意思是，這樣有助於毛茅和工作上的同事更快拉近距離。

「快進去裡面。不要抗議了，喝冰的會讓你更加長不高。我和學長要先走了，打工加油。」高甜仗著身高優勢，摸了一把毛茅的頭髮和他的貓耳朵。整個人就像一陣俐落的旋風，沒一會便與白烏亞消失在店外。

平白多了一杯飲料的谷芽都還來不及出聲向人道謝。

回到餐廳內，項溪迎上前來，「今天業績好很多，店長很高興，晚上要請大家吃飯。順便要我來問毛茅，有沒有興趣之後轉正職。」

「只要項溪學長能說服我家家長的話。」毛茅說。

「辦不到。」項溪秒答，「我只是負責傳話。」

「晚餐我就不跟了，我家還有兩隻嗷嗷待哺的寵物等我回家餵呢。」毛茅擺擺手，先去換下制服，再到休息室去拿包包。

他的打工就只有下午這個時段，不像項溪他們是到晚上才下班。

休息室裡還有其他員工，谷芽也在其中。

見到毛茅走進來，他們紛紛向這位新人打了聲招呼。

「辛苦了。」

「做得還習慣嗎？」

「今天外面真的有夠熱……感謝你和谷芽犧牲小我！」

「說那什麼話。」谷芽不悅地打了對方一記，「我要跟店長說，明天換你去站。」

「不要啊！我不可能穿得了毛茅那套衣服的！」短褲和膝上襪的組合讓那名男店員臉色不由得發青。

「拜託別害我想像那畫面啊！」馬上有人哀號出聲。

「別理他們。」或許真的是那杯飲料加持的效果，谷芽對毛茅的態度從不冷不熱轉爲和善了幾分，「毛茅，再麻煩你幫我跟高甜說謝謝她的飲料。」

「好喔。」毛茅從置物櫃裡拿出自己的黑齒輪包包。

雖然他對谷芽這個吸血鬼事件的當事人有著滿滿的好奇，但他也知道聊天要按部就班地進行。

才認識第一天而已，就貿然追問起吸血鬼的事，顯然不怎麼明智。

毛茅前腳剛要踏出休息室，就聽到後方驀地傳來了「祭品」兩個字。

「祭品？」毛茅停住腳步，納悶地回過頭，「請問……什麼祭品？」

「咦？毛茅你不知道嗎？最近市裡出現疑似吸血鬼的傢伙耶！」剛被谷芽作勢威脅的眼鏡男率先驚訝大叫。

沒壓低的音量頓時引來了休息室外其他人的注意。

「喂喂，別偷懶啊，你們這些人。」一名女子無預警出現在休息室門外，她雙手抱胸，板著臉，「說好只是去上個廁所的，你們是上到哪去了？居然全跑到休息室裡啊。」

正打算針對吸血鬼話題高談闊論的幾人馬上面露心虛，像被訓斥的小學生，個個縮著肩膀，一溜煙地往外跑。

「啊，抱歉，伶音姊。」谷芽也趕緊從椅子上起來，「我立刻就……」

「小芽妳再休息一會沒關係。」前一秒還表情嚴厲的女子露出了笑容，「剛才妳和毛茅都辛苦了。毛茅，你要離開之前帶杯喝的回去吧。」

「謝謝伶音姊。」

「眞乖啊，明天也要再麻煩你了。」

一等店經理身影消失，毛茅立即看向谷芽，「學姊、學姊，吸血鬼和祭品是怎麼回事？」

谷芽坐回椅子上，「你有上『榴言』嗎？」

毛茅第一時間還以爲谷芽說的是流言，但旋即意會過來，谷芽指的是「榴言」——林靜靜之前才給他看過的學生論壇。

論壇的創辦人就是榴岩市的人，因此才特意將論壇取名爲榴言。

見毛茅點頭，谷芽又問，「那會去看我們新聞社的社板嗎？」

「會。」毛茅臉不紅氣不喘地說謊，反正他的確有看過了，也不算說錯。

「那你應該有看見吸血鬼相關的那則帖子了吧，靜靜說不定也有跟你提過了。」谷芽沒忘記自己的社團學妹和面前的紫髮男孩是同班同學，「不管靜靜有沒有跟你說，總之吸血鬼那帖的主角……就是我。」

即使事先已得知這件事了，毛茅還是做出驚訝的表情，「所以，學姊妳眞的碰到了……」

「對，吸血鬼……我猜是吸血鬼啦。」谷芽煩躁地嘆了一口氣，「我也不知道怎麼就那麼倒楣，想抄個近路，偏偏就發生那種事。我知道這聽起來很扯，但我就是眞的碰上了……不信你可以過來看。」

谷芽將自己的衣領往旁邊一拉，露出一截白皙頸項。

毛茅依言靠過去，一雙金眸倏地張大。

在谷芽的脖子上，赫然有兩個小小的傷口，乍看下像是險些被銳物刺穿的圓形小洞。

「看了這個，應該就信了吧？」谷芽將領子拉好。

「學姊爲什麼會覺得那是吸血鬼？說不定是變態之類的？」毛茅說。

「廢話，當然是……」意識到自己口氣轉差，谷芽頓了頓，「抱歉，不是針對你……只是之前同樣的問題被問了很多次。變態的牙齒不會是像野獸一樣尖尖長長的吧，變態也不會平空變出火焰吧。你沒有親眼見到，會懷疑也是很正常的。你可以上榴言去我們社的社板及打工板看看，就會發現不只我一個人碰到這種事。」

「打工板？」毛茅不是很明白爲什麼會指定這個板。

「你剛不是想問祭品是怎麼回事嗎？有其他人也遇過那個披著獸皮的吸血鬼，他們剛好都是晚班或值夜班的工讀生，所以就在打工板發了祭品文。」見毛茅面露茫然，谷芽爲他解釋。

「所謂的祭品文，也就是許願文。只要許的願達成，就願意提供自己在文裡說過的東西。例如只要誰能抓到那個吸血鬼，就提供雞排五十份啊、珍奶一百杯啊……之類的。」

「原來是這樣啊。」毛茅這下懂了，「是說，沒人報警嗎？」

「警察會受理這種沒實際證據的事嗎？」谷芽嗤之以鼻地說，「只會認爲是學生們的妄想吧，他們不可能會相信有吸血鬼的存在的。不管怎樣，大家發祭品文也是希望趕快抓到那個吸血鬼。我晚點也打算來發一篇了……先回去工作了。」

這麼說的谷芽站了起來，伸伸懶腰，朝毛茅一擺手，離開了休息室。

獨自待在休息室中的毛茅一臉若有所思，他倒是沒想到會獲得意外的情報。

原來榴言上面的打工板還有這樣的活動啊，不曉得都是什麼樣的祭品呢。

□

一聽到門把轉動的聲音，黑琅與毛絨絨反射性抬起了頭。

接著便聽到熟悉的腳步聲。

是毛茅打工回來了！

腳步聲的主人沒一會就走進客廳內，他低著頭，雙眼黏在手機上，不知道看什麼看得無比認眞。

被忽略的黑琅和毛絨絨頓覺心理不平衡了。

我那麼貌美／可愛，毛茅怎麼可以不先看我！

「毛茅怎麼不看我們啊，陛下。他那麼愛我們，照理說注意力不是該優先放到我們身上嗎？」毛絨絨哀怨地問著同在沙發上的黑琅。

「錯，是只愛朕，從來就沒你的份，快把你的錯覺抹掉吧。」黑琅冷笑，開始在找哪一個角度最適合踹毛絨絨下去。

「啊，毛茅難道是在看美少女嗎？」毛絨絨豆子似的眼睛亮起光芒，「那種胸很平，但還是有著一點青澀弧度的美少女？」

「作你的白日夢去吧。」黑琅終於找到很好的角度，一腳朝雪球鳥的屁股踹過去，「你以爲毛茅會爲你改變喜好嗎？毛茅只會看胸前有過剩脂肪的雌性人類而已。」

被踢下沙發的毛絨絨像顆彈性極佳的球，彈了幾下才停住。

「毛茅幹嘛要浪費錢呢？明明陛下你也有很多過剩脂肪，絕對比那些女孩子都還多……」

毛絨絨一時嘴快的下場，就是被從天而降的抱枕砸了個正著，暈乎乎地被壓在底下。

「哎，毛絨絨呢？」毛茅將包包隨意一擱，發現沒瞧見毛絨絨的蹤影。

「不知道，大概蠢得把自己沖進馬桶裡了吧。」黑琅毫不心虛地說，「今天打工如何？」

「滿順利的。」毛茅走進廚房，給自己倒了一杯水，「就是太陽有些大，站一下午感覺自己都要乾掉了，希望明天的天氣能涼一點呢。」

「還不簡單，把朕帶過去當你的天然遮陽帽，完美。」黑琅跳下沙發，落足點還不偏不倚就在那個被他扔下的抱枕上。

抱枕下的毛絨絨被踩成了扁扁的雪餅。

「謝謝，我不想要戴那種會讓人中暑暈倒的遮陽帽。」毛茅把自己扔進了沙發，疑惑地看著非要站在那顆印花抱枕上不動的黑琅，「大毛，你幹嘛站那？」

「朕覺得這裡很適合朕的尊貴風采。」黑琅從站改爲趴。

毛茅要是眞相信，那他就不是黑琅的飼主了，「毛絨絨是不是在你下面？」

「沒有。」

「大——毛。」

聽見毛茅拉長了聲音，黑琅只好「切」了一聲，心不甘情不願地挪開他的身子。

「抱枕順便歸位。」毛茅說道。

黑琅臭著一張臉，把抱枕踢回了沙發上。

沒了抱枕的遮蓋，地板上的那灘雪餅登時重見天日，過不久又自動膨脹爲一顆飽滿圓潤的雪球。

毛絨絨用最快速度讓雙眼蓄滿淚水，擺出最爲楚楚可憐的姿態，就等著毛茅用雙手憐愛地捧起自己。

然而他等呀等，等呀等，什麼事也沒發生。

毛茅還在低頭看手機。

咦咦咦咦？不該是這樣的啊！毛絨絨大驚失色地檢視自己，想確認是不是自己這一秒突然可愛度少了零點零一分。

但無論他左看右看，自身還是如此完美。

「毛茅、毛茅、毛茅、毛茅，你到底是在看什麼？」毛絨絨巴不得能一把奪走佔去毛茅注意力的手機。他奮力拍著短翅膀，特意落在了手機螢幕上。

毛茅抓起那顆糰子，往黑琅方向一扔。

黑琅這回倒沒有依慣例先欺負毛絨絨一輪，還破天荒用尾巴靈活地接住對方。

他也想知道，究竟是什麼讓毛茅看得那麼入迷。

黑琅尾巴捲住毛絨絨，幾個跳步敏捷地佔據了毛茅大腿，腦袋不客氣地往手機一頂。

「大毛，怎麼了？」毛茅總算挪開手機，與自己同色澤的金黃貓眼對視。

「毛茅，你是在看什麼啊？」毛絨絨從黑琅尾巴掙脫，自動滾到了毛茅懷抱中，「那東西有比我好看嗎？」

*居然在自己面前炫耀起美貌來……*黑琅閉了閉眼，決定大度地容忍毛絨絨十分鐘。

十分鐘後，就盡情地蹂躪那顆大逆不道的肥球！

「我啊，我是在看打工板的祭品文。」毛茅在黑琅他們提出疑問前，就先解釋道：「之前不是跟你們說過，榴岩市裡出現了疑似吸血鬼的人物？除了靜靜的那位學姊外，也有其他人撞上的樣子。正好都是値晚班或夜班的打工者，所以他們就在打工板發文，說要是能抓到吸血鬼，就貢獻上祭品這樣。」

「居然要把活人當祭品嗎？好殘忍！」毛絨絨驚恐地用翅膀尖捧著臉。

「不是。」毛茅失笑，「只是一種稱呼而已啦。有各式各樣的食物，我已經有看到炸雞、鹽酥雞、烤雞、醉雞……」

「毛茅……」毛絨絨顫聲問，「應該不是我的錯覺吧？好像聽到的都是鳥禽類的食物？」

「它們很好吃啊。」毛茅回予一抹爽朗的笑容，又低頭研究起有什麼有趣的祭品了。

毛絨絨下意識抱緊自己，毛茅剛剛看著他說出那句話，應該不是別有含意吧？對對對，他那麼萌那麼可愛，毛茅怎麼可能想吃他呢？

就在黑琅和毛絨絨想散開去做各自的事之際，毛茅霍地倒吸了一口氣，聲音響得讓一貓一鳥嚇一跳。

「怎麼了？怎麼了？」毛絨絨忙不迭追問，「毛茅，你是不是眞的看見世界級的貧乳美少女了？快讓我也看看！」

「看你個毛線球！」黑琅不管十分鐘到了沒，直接抄起毛絨絨，開始盡情地欺負他，將他不客氣地摁在地板上摩擦。

在這背景音中，黑琅不忘關心自己的鏟屎官，「毛茅，怎麼了？你是看到朕之前幫你替換的頭像了嗎？朕可是特別挑了朕最英勇神武的照片……」

「洋芋片！」毛茅激動的喊聲打斷了黑琅的句子。他甚至按捺不住地整個人站起身，舉高手機，雙眼盛著驚人的光芒。

有如兩簇亮到最極致的火炬。

黑琅甚至被這光芒逼退了幾步。

「最新貼出的祭品文……」毛茅用著如夢似幻的語氣說，「是拉芙家即將推出的萬聖節版神祕口味洋芋片啊！」

只要能逮到那個吸血鬼，就可以獲得整整一個月份的神祕口味洋芋片！

這個獎勵讓毛茅原本對吸血鬼的單純好奇心，瞬間燒成了一片熊熊的誓在必得。

萬聖節特別版洋芋片，我來了！

想要抓到吸血鬼，就得先擬定好完善的計畫。
而制定一個好計畫的前提，就是需要更多、更多的情報。
說到情報，就想到八卦，就想到各種小道消息，然後就是想到……
林靜靜。
毛茅無比慶幸自己身邊還有這麼一位朋友，他馬上開始勤快地騷擾……啊，不是，是增進彼此的感情。
在學校時問，回到家也問。
只差沒照三餐、宵夜問候一下。
甚至連中午時間也減少了去除魔社社辦吃飯的次數，就是爲了有更多時間從林靜靜那挖出她所知道的一切。
爲此，白烏亞還發來了訊息，關心地問起毛茅最近在忙些什麼，怎麼不來社辦吃飯了。
看著那似乎飄出失落氣息的文字，毛茅只能狠下心，手指戳著螢幕回了直屬學長他還要再隔個幾天，才有辦法在中午時去社辦報到。

甚至就連高甜也被驚動了。

下課時間，留著黑長直髮的少女像朵金屬之花，冰冽地矗立在一年五班的教室門口，讓學生們像被掐了脖子的公雞，聲音卡在喉頭處。

無論是想進去或想出去的五班同學，誰也沒勇氣開口請高甜讓個位。

還是驟然的死寂，讓忙著向林靜靜追問消息的毛茅察覺到異樣。

接著他就像隻小雞崽，被足足高了自己有二十公分的吃貨同盟小夥伴給拎了出去。

興許是高甜的氣勢太懾人，深怕毛茅遭受不測的林靜靜壯起膽子追了出去，就聽到高甜冷冷地質問對方怎麼不來社辦吃飯。

是不是背著他們垃圾食物吃太多，就算再怎麼熱愛洋芋片，也不能將它當成正餐；是不是連僅有的五公分都不想長高了……之類的。

嗓音聽起來像是冬季霜雪，不過內容倒是挺有人情味的。

毛茅不方便說出實情，要是被除魔社的人知道他想隻身去抓吸血鬼，等待他的就是有如滔滔江水綿延不絕的各種關切及教誨。

更甚者，木花梨還會強迫他沒日沒夜地看《冥王星寶寶》，直到他心生懺悔。

雖說毛茅不像黑琅一樣嫌棄《冥王星寶寶》是個智障節目，但要他長時間看著那些只會互道早安、午安、晚安的大型布偶們，他還真怕自己一不小心成了智障。

面對高甜銳利如刀的目光，赫然是林靜靜大而無畏地替毛茅出面說話了。

「其實……其實毛茅是前幾天考試考不好，被老師罰寫太多寫不完，所以只好留在教室裡，連中午時間都沒辦法好好吃飯！真的是太可憐了！」

毛茅震驚地看向林靜靜。

不是，這讓他怎麼接話接下去啊？

高甜卻將毛茅的表情解讀成難以啓齒，既然是難以啓齒，就表明了林靜靜的話是真的。

「我懂了。」高甜出手快如電地緊握住毛茅的一隻手腕，「好朋友之間是不會嘲笑對方成績不好的。就算你考了倒數第一名，我也會好好教導你，這是朋友該盡的責任。」

我不是，我沒有，我這些天的考試每科都還有七、八十分的！毛茅想抽回自己的手，然而那五根雪白纖長的手指，竟像鐵條般難以撼動。

「課後特訓就交給我吧。」高甜不容人拒絕地說，「別擔心，我是全年級的第一名，我教人很有自信的。」

毛茅才不相信他這位小夥伴話語的可信度。

當然不是指不相信高甜是全年級第一名的這件事，當初林靜靜就曾告訴過他了。他不相信的是，教人這部分。

毛茅之前曾向高甜請教過功課上的問題，高甜的解題方式非常地……有個人特色。

一言以蔽之，對方當時是這麼替毛茅講解的——就是這樣、那樣，然後還有哪裡不懂嗎？要不是後來有木花梨再教導一次，毛茅壓根無法理解高甜指的「這樣、那樣」究竟是指怎樣。

長長的解題過程到了高甜口中，就只剩下四個字，「這樣」和「那樣」而已。

可惜的是，林靜靜的謊都說下去了，總不能這時候再跟高甜打哈哈，說剛才是騙人的，他不需要一名輔導小老師。

感覺會迎來一場酷寒的暴風雪呢。

毛茅只能露出堅強的微笑，在內心對自己說一切都是爲了洋芋片。

然後轉頭更加把勁地騷擾……又說錯了，是促進和林靜靜之間的感情。

弄得林靜靜一瞧見毛茅打過來的電話，都不禁手一抖，差點想把對方的號碼拉黑了。

「毛茅、毛茅大人，我眞的把我知道的通通告訴你了啊！」林靜靜在手機另一端哭訴著，「騙你的話，我就永遠聽不到八卦好不好？」

「好。」毛茅滿意地掛了電話。

旁邊豎起耳朵聆聽的黑琅與毛絨絨迅速靠了過來。

「毛茅，怎樣怎樣？」毛絨絨連忙爲毛茅端起茶水，眼巴巴地等著對方喝完茶，爲他們解除心中疑問。

毛茅一口灌下了白開水，對一人一貓比出了ＯＫ的手勢。

「想知道的都挖到啦，現在可以擬定計畫了。首先，先把客廳的桌子清出來吧。」

在毛茅的一聲令下，原先堆疊在長桌上的各式物品都被挪到地板或沙發上放著。

毛茅掏出了準備好的榴岩市地圖，上面有他之前做好的多個記號，那些是他從打工板和新聞社社板上收集到的吸血鬼出沒地點。

很湊巧，正好還都在榴華高中附近。

「我們學校是容易吸引到變態不成嗎？」毛茅說的變態，不單指會咬人還疑似吸人血的吸血鬼，也包括那幾位人形污穢。

也就是魔女們。

畢竟就某方面來看，喜歡挖出契魂和吃掉獵物身體一部分的魔女，也稱得上是變態了，還是血腥獵奇的那種。

毛茅將地圖鋪平，接過毛絨絨及時遞來的簽字筆，直接在地圖上寫下他已在腦海中統整好的吸血鬼相關情報。

一，至今的受害者都是隻身走在偏僻處的女性。

二，受害地點碰巧在榴華高中外連成一個圓圈。

三，遇上吸血鬼的時間不定，但可以發現都是在晚間八點過後。

以上種種都顯示出，如果毛茅想儘可能地誘出吸血鬼，就得要……

「裙子！毛茅要一件裙子！」毛絨絨欣喜地歡呼，「我馬上上網去買！」

「去找小書屋的那個綠髮矮子借不就好了？」黑琅對毛絨絨浪費錢的行爲不以爲然，「喂，蠢鳥，現在就給朕去打電話。」

「現、現在嗎？」毛絨絨愣然地看向了牆上的時鐘，「可是陛下，現在都要十二點了，算是半夜了耶……萬一我現在打過去，森柒會不會衝過來殺了我？」

以小書屋老闆那恐怖的火爆脾氣來看……毛絨絨吞了下口水，老實說他覺得會。

「哇，那也是沒辦法的事啊。」黑琅語氣甜膩得不可思議，讓毛絨絨不只寒毛直豎，還狂起雞皮疙瘩。

毛絨絨不敢置信地摀著胸，看著貓心險惡的黑琅，「陛下，你這種講法……感覺就像是要我故意去找死的啊！」

「喔，就是故意的。怎樣，咬朕啊。」黑琅的聲音一秒內就轉成冷漠。

「毛茅、毛茅……」毛絨絨傷心欲絕地向一家之主投訴，「陛下他又想謀殺我……」

「乖啊，反正也不是第一天才有的事，習慣就好。」毛茅敷衍地回應，手指在手機上靈敏地點按著。

毛絨絨感到自己受到深深的傷害，他吸了吸鼻子，接著嚶嚶地轉頭跑向廚房。他要去吃三支甜筒冰淇淋來安慰自己受創的小心靈！

「毛絨絨，只能吃一支！」毛茅明明頭也沒抬，卻像早預測到毛絨絨的下一步，「把我跟大毛的份吃掉的話……」

「就等著被朕和毛茅吃掉啦。」黑琅完全不掩飾他對這件事的期待。

發送出最後一個字，毛茅愉快地將手機隨意一扔，「好啦，再來就是等靜靜的消息了。」

「林靜靜？你找她幹什麼？」黑琅問道。

「我要聽！我也要聽！」毛絨絨用最快速度衝出來，手裡還緊抓著剛拆掉包裝紙的甜筒，「不能只說給陛下一個人！」

「蠢貨，朕是貓，你眼睛是裝飾用的嗎？」黑琅重重吐出一口氣，「算了，連腦子都是裝飾用的鳥，朕如何能對他有奢望呢？」

「陛下，你這是鳥身……不，現在是人身攻擊才對。」毛絨絨噙著兩泡淚水，「毛茅，你看他……」

「我請靜靜幫我跟戲劇社商借一下假髮還有裙子。」毛茅無視了毛絨絨的投訴，「當然是以她的名義借的。」

不然這消息要是傳到除魔社眾人耳中，聰穎如他們，鐵定會第一時間嗅到不對勁的味道。

「那當天晚上我要走在毛茅旁邊，當毛茅的護花使者！」毛絨絨飛快舉起手。

「白痴。」黑琅看毛絨絨的眼神像在看一個智障，「把地圖上的字再給朕看過一遍。」

毛絨絨舔著巧克力甜筒，乖巧地往地圖上望過去。

他沮喪地垮下肩膀。

毛茅必須獨自走在路上……嗚，不能和穿裙子的毛茅手牽手了啦。

林靜靜的效率果然很高，假髮和裙子在兩天後就交到了毛茅手上。

條件只有一個。

在毛茅動手將那個吸血鬼揍得面目全非之前，務必先幫他拍張清晰的照片。

還有她要聽最詳細版本的事發經過。

啊，還有秋河堂的巨無霸珍珠奶茶一杯！

林靜靜都幫他那麼大的忙了，毛茅自然是一口氣應允，也沒指出這總共是三個條件，而不是一個了。

家裡都是男性，毛茅拿出重要道具後，就豪爽地直接在客廳脫換起衣服。

一會過後，一名金髮、穿著藍白色洋裝的少女就站在黑琅與毛絨絨面前。

林靜靜替毛茅借的是愛麗絲的服裝，這還是戲劇社裡最符合普通概念的一件了——雖然走

在路上，還是可能引來旁人忍不住多看幾眼。

「喔喔喔！毛茸好可愛！毛茸好漂亮！」毛絨絨熱情地鼓掌完，就開始熱情地拍起照。

長相稚氣可愛、骨架偏小的毛茸穿上裙子，戴上假髮，一時還真讓人察覺不出真實性別。

「謝謝，我也覺得我很可愛。」毛茸也拿起手機來了一張自拍，「好了，我們走吧。」

毛茸他們選擇外出的時間是晚上十一點左右。

這個時段，路上人車已少，更別說毛茸他們將前往的偏僻地帶，那裡估計連人煙都沒有。

黑琅和毛絨絨小心又謹慎地跟在毛茸後方，誰也不會發現一貓一鳥的存在。

夜色越深，路上的行人也越少，周遭聲音像漸漸被黑暗吞噬。

終於，毛茸只聽見自己的腳步聲。

此刻他走進了藏在商辦大樓間的一條小巷裡，兩旁的高聳建築沉默地矗立在黑幕之下，大片的幃幕玻璃窗戶此時全是一片漆黑。

彷彿過不久，這些建物都要融入深深的黑夜之中。

雪球鳥和大黑貓敏捷地利用陰影藏身，他們悄無聲息地緊跟毛茸不放，不讓他有真正落單的機會。

倏地，毛茸腳步微頓了下，旋即又恢復正常地往前邁步。

他聽到有第二個聲音傳出，第二個人的腳步聲。

黑琅與毛絨絨扭過頭，看見了一名裹著大衣的男人身影，鬼祟地出現在毛茅後頭。

男人面容被陰影遮蔽，目光迷戀般地緊盯著前方少女露出的頸項不放。

少女一頭燦亮的金髮被綁束成高馬尾，隨著走動而規律地擺晃著，一下又一下，讓白皙纖細的脖子時不時落入男人的視野中。

男人呼吸聲加重，他粗喘著氣，加大了腳下的步伐，感覺自己的心跳猛地加快了速度。血液像要沸騰起來，好似還能聽見咕嚕咕嚕冒泡的聲音。

在深暗的窄巷裡，前方的那一截雪白就好像在發光一樣。

男人喉頭滾動了下，汗水從他的汗腺滲冒出來，他眼裡幾乎只剩下那美麗曼妙的頸子。

吸引他，蠱惑他。

他大口吞嚥唾液，內心的欲望蠢蠢欲動，有如一隻即將掙脫出來的猛獸。

金髮少女的後頸就像散發著美妙的芬芳，像是一顆飽滿甜美，只要輕輕一咬，就會迸濺出汁液的果實。

讓他難耐。

腦海中有個聲音在告訴自己，再快點、再快點，就可以讓那誘人的事物觸手可及。

男人的粗喘聲猛地變得更重，在巷內迴盪著。

少女像是受到驚嚇般震了下身子，背脊線條繃直，馬尾連帶地停下晃動。這讓男人陷入不滿。

美景突然被遮擋住的憤怒，讓他霍地一個箭步向前。眼看與金髮少女之間的距離就僅剩下幾步之遠。

保護欲過盛的黑琅費了好一番心力，才忍住不立即衝出去，免得破壞了毛茅的計畫。他眼裡閃過狠戾的光芒，已在想著待會要從哪邊狠狠下爪。

飛在空中的毛絨絨則蓄好了力量，就等著必要時刻，像顆最強而有力的炮彈，狠狠地轟撞上男人的腦袋。

毛茅聽見腳步聲和粗喘聲都近得像要貼上自己，他抓準時機，在大衣男人就要出手的剎那間——

一個俐落強悍的迴旋踢，毫不客氣地招呼上男人正面。

男人連反應都來不及，也或者他壓根沒想過瘦弱嬌小的少女居然會反擊，興奮的表情還掛在臉上，來不及轉為震驚，他人已狼狽地被踹倒在地。

就是現在！

黑琅與毛絨絨迅雷不及掩耳地從陰暗中衝出，尖牙、利爪還有鋒銳的鳥喙全部不留情地往男人身上落下。

男人還弄不清是怎麼回事，只能反射性摀著臉慘叫連連，像隻在地上掙扎扭動的魚。

但男人不知道最可怕的一擊還沒到來。

下一刻，一股椎心劇痛從他雙腿之間傳來，疼得他眼一翻，生生暈了過去。

毛茅收回那隻往男人身下三寸重踏的腳，「大毛、毛絨絨，可以了，你們退到旁邊去。」

不然他都沒辦法好好看清吸血鬼是怎樣的傢伙了。

不過這個吸血鬼……會不會太弱了點？他真的是那個造成人心惶惶的吸血鬼嗎？

抱持著疑問，毛茅打開手機的手電筒朝地面照去。

熾白的光讓尾隨者的外表無所遁形。

是個年輕男人，身上穿著的衣物並非是照片及文章裡描述的獸皮大衣。而在經歷過一貓一鳥的各種無情蹂躪，只用綁帶在腰間打結的大衣變得凌亂，露出了大片胸口和兩條遍布鬈曲腿毛的小腿，還有更往上的偏白大腿……

毛茅一愣，一個猜測浮出。他還沒有所行動，熟知他性子的黑琅馬上嚴厲制止。

「毛茅停住！」

「哎。」毛茅只好頓住了本來要掀開大衣的手。

「毛絨絨，去。」黑琅一昂下巴。

「去……去哪裡？」毛絨絨不甚明白。

「去把那個傢伙的衣襬整個掀起來。」黑琅命令道。

聽習慣命令的毛絨絨沒有多想，先是變回人，再彎腰撩起男人的大衣。全然沒發現到黑琅一個跳躍，巴住了毛茅的腦袋，強制地讓對方轉過頭，背對著男人的方向。

「陛下，你要我掀……啊啊啊啊啊！要瞎了！要瞎了！我的眼睛要瞎了啊啊啊！」

淒厲的哀號如閃電在暗巷裡砸下。

毛絨絨緊緊摀著雙眼，痛苦地宣洩著他的滿腔悲愴。

聽起來比男人剛發出的尖叫還要驚人數倍。

毛絨絨的慘叫無異證明了毛茅和黑琅的想法。

「先等等，朕沒說能轉你不准轉過來，免得看到髒東西怎麼辦。」黑琅從毛茅身上跳下來，滿意地見到毛絨絨就算是恨不得在地上打滾，好把剛才看見的畫面趕出腦海，也沒忘記讓大衣衣襬歸回原位。

「行了，毛茅，你可以轉過來了。」黑琅說道。

「嗚嗚嗚……」毛絨絨心靈遭到嚴重打擊，可他也沒疏忽黑琅話裡透出的一切。他慢慢地放下遮眼的手，水汪汪的藍眼睛寫滿傷心欲絕，「陛下，你既然早知道的話，爲什麼……」

爲什麼還要讓他去做那種事啊！

「難不成讓毛茅做嗎？」黑琅從鼻子裡發出不屑的哼聲。

「這、這樣說好像也對喔……」毛絨絨輕易就被說服。

毛茅在男人的頭旁邊蹲下，伸手拉開他的嘴唇，一口牙齒整整齊齊的，並沒有看見像是野獸才會有的獠牙。

毛茅失望地嘆口氣。

好喔，原來只是個普通的變態暴露狂，根本不是他所期待的吸血鬼。

「大毛，把這個人丟到警察局外面吧。」毛茅撐著膝蓋，站直身體。

「啊？爲什麼朕得做這種事？」黑琅百般抗拒。

「剛才毛絨絨都看到那種東西了，不能讓他再做重勞動了……不然我去吧。」毛茅拉了拉筋，準備扛起昏迷的男人。

「啊啊，知道了，朕知道了，朕去總可以了吧。」黑琅轉眼間由貓變成挺拔的黑髮褐膚男人，他不爽地彈了下舌，把怒氣都發洩在變態身上。

「變態先生好可憐喔……」毛絨絨目露憐憫，目送著男人被黑琅倒拎住一隻腳，消失在夜色之中，時不時還能聽見男人身體撞上硬物的聲音粗暴響起。

砰！磅！咚！

直到再也聽不見爲止。

確認黑琅是眞的遠離了這條暗巷，毛絨絨立刻興高采烈地跑至毛茅身邊，想要跟今晚扮成美少女的毛茅來個手牽手。

如果沒辦法十指相扣，只是單純地握住手，他也是可以的。

但夢想有多豐滿，現實就有多骨感。

毛茅猛地抓住了毛絨絨的手腕，在對方還紅著臉，以爲他打算來點不一樣的時候，笑嘻嘻地說：

「我不跟男人牽手的喔，毛絨絨。如果想牽的話，就要有像剛才那位變態先生下場的覺悟喔。」

毛絨絨煞白一張臉，用力搖頭再搖頭。

他沒那種覺悟的！他覺得他的鳥還是須要好好保護，不能讓毛茅一腳就廢掉！

「我……嚶嚶，我知道了……毛茅你可以放開我了。」毛絨絨眼角噙著淚珠，襯著那張雪白秀氣的臉，顯得格外楚楚可憐，「我不會跟毛茅你牽手的，改成我抱著毛茅，將你舉高高覺得怎樣？」

毛茅猶然掛著笑，他抬高一邊膝蓋，冷酷無情地做了一個要將某物折斷的動作。

寒意竄上毛絨絨的後背，他的喉頭咕咚地滾動了下，兩腿不自覺地夾緊。

「毛絨絨，你先變回鳥吧，我們該回去了。唉，裙子得再多借幾天了，眞傷腦筋啊……」

毛茅想到接下來的幾晚還得再扮女裝外出當餌，就忍不住想揉揉額角。

之後也要面臨高甜的課業輔導特訓。

一時的謊言爲自己換到這個「額外獎勵」，讓毛茅深刻地體認到，人眞的不能說謊啊。

想是這麼想，不過毛茅完全沒有要對除魔社眾人坦白的意思。

畢竟積極認錯，死不改過，也是毛茅的信條之一呢。

毛絨絨身上白光一閃即逝，下一秒，圓滾的小白鳥形態取代了他之前的少年模樣。

等到毛茅他們走出巷外，回到了比先前更爲冷清，但還閃爍著霓虹燈、像被燈光包圍的大路上，毛茅瞬間慶幸起自己叫毛絨絨變回鳥的明智決定。

他怎樣也沒料想到，會在外面碰上了不久前在他腦海中出現的名字主人。

高甜。

過於震驚的毛茅一時呆住，同時疑惑對方爲何這麼晚的時間還在外面逗留。

黑髮少女因爲突然有人自窄巷內走出來，下意識頓住了步伐，她冷凝的目光不經意掃過對方的臉。

毛茅僵著身子，努力不要讓自己暴露出破綻。

他都戴假髮、穿裙子了，應該……應該不會被高甜認出來的吧？嗚啊，拜託高甜可不要認出他來啊！

上天似乎聽到了毛茅的祈求，高甜的目光很快就從他臉上挪開，改落至他肩上的毛絨絨。

毛絨絨動也不敢動，大氣都不敢吭一聲，拚命假裝自己只是再普通不過的裝飾。

「這個。」高甜猝不及防地開口了，冰冽的嗓音讓一人一鳥的一顆心都提至了嗓子口，「是眞的還是假的？哪邊能買到？」

「呃，三條街外便利商店的扭蛋機，一次六十元的那種。」毛茅面上掛著微笑，心中爲自己的臨場反應叫好。

「謝謝。」高甜好像相信了，沒再多看那名金髮少女和他肩上的雪糰子一眼，逕自邁開兩條長腿。

目送著高甜凜然的背影消失在前方路口處，毛茅與毛絨絨這才大大地鬆了口氣。

「嚇、嚇死我了，毛茅……」毛絨絨虛弱地對毛茅說，「高甜的視線像是要在我身上刺出好幾個洞。」

「你不寂寞，我也覺得我的臉要被刺出一個洞了。」毛茅摸了一把毛絨絨的羽毛充當安慰，「還好沒被高甜識破啊，不然我接下來的日子肯定是很慘的。」

「毛茅再多摸幾下，親一下也是可以的。」毛絨絨趁機提出要求。

「不要，我對公的沒興趣。」別說親了，毛茅連摸都不摸了。

「好過分啊……你不摸的話，我受到的傷害就不會好了。你剛剛居然說……我是六十元就能轉到的扭蛋？」毛絨絨抽噎地說，「好歹、好歹也說我是百元商場才能買到的嘛……」

「不如我明天就把你送到百元商場怎樣？」毛茅體貼地給出建議。

毛絨絨瞬間噤聲，就怕自己真的被毛茅不留情地賣了。

到時候，黑琅絕對會歡欣鼓舞地慶祝。

第四章

新聞社的社板上更新消息了。

自從知道新聞社會在榴言的社板上貼出吸血鬼消息的新進度，毛茅就開始勤快地登上這個學生論壇，去刷看看有沒有什麼新增的情報。

沒想到今天中午，還眞的被他看到了。

新聞社貼出了一張比之前更爲清楚的照片。

依舊是背影，上半身完全被獸皮大衣掩蓋住，連腦袋都沒露出來，難以判斷背影主人究竟是男是女。

但對方身上的那件大衣，卻可以清晰地看出是由多塊不同毛色的獸皮拼組而成。有銀灰、深棕、金黃等等，像是來自於多種獸類。

附圖文字則是描述著他們新聞社的一名社員差點就能拍到獸皮大衣主人的正面，但很可能是社員戴著多個十字架飾品的緣故，對方幾乎是落荒而逃，一晃眼就不見了蹤影。

他看起來極度害怕十字架，這是否提升了他是吸血鬼的眞實性？

這是新聞社在文章最末端下的結論。

「毛茅，你也看到了啊。」林靜靜湊過來，正巧瞄見毛茅手機上的頁面，接著又壓低音量，「欸欸，你的誘餌計畫實行得如何了？」

「失敗，大大地失敗。」毛茅嘆口氣，「唯一的收穫是逮到一名暴露狂變態，我叫大毛把他丟到警察局外了，人類的犯罪就該由警察叔叔來負責處理。」

毋須多問，林靜靜就能想像出那個變態的下場會有多慘。

毛茅的戰鬥力不是蓋的，身邊還跟著保護欲旺盛的黑琅與毛絨絨，他們肯定在那個變態的心中留下了難以抹滅的陰影。

毛茅將手機往旁一擱，趴在桌上哀聲嘆氣，「再不快點抓到吸血鬼，烏鴉學長估計就要來我們教室關切我了。」

「他想跟你吃午餐嘛。」林靜靜倒是很能理解，「好不容易可以和大家坐在一起，結果直屬學弟卻常常不見人影。」

「我也想跟學長吃飯呀，但是……」

「但是萬聖節神祕口味的洋芋片現在比較重要對吧？你真的很愛洋芋片耶！」

「錯，不是很愛，是超級愛！」

「行行行，知道你和它是真愛了。」林靜靜忍下翻白眼的衝動。她看著毛茅鼓起的白嫩臉頰，手一癢，忍不住戳了戳，「天啊，比我的還滑嫩！你是怎麼保養的啦！」

「嗯……」毛茅微擰起眉，像是嚴肅地思考著，「天生麗質？」

林靜靜想打人，可看在對方眞的長得太可愛的份上，只好決定原諒他了。

「靜靜，妳說我該去哪邊才能拉高見到那位吸血鬼的機率呀？」毛茅幽怨地說，「我眞的眞的好想趕緊和他見面啊……」

「然後趕緊打爆他對吧？」林靜靜說，「老實說我也不清楚今天放出的照片是在哪拍的。吸血鬼事件的撰稿和追蹤，全部都是由核心幹部的學長姊們負責。不過私下找社長問的話……也許可以打聽到什麼？」

「眞的？」毛茅雙眼「噌」地發亮，像兩盞小燈泡。

「我猜啦，社長平時對我滿好的……等我一下。」林靜靜跑回座位上，拿出手機，「我先問問社長現在人在哪裡。中午休息她常換地方吃飯，不一定在教室或社辦。」

毛茅眨巴著眼看林靜靜和手機另一端說了幾句話，接著朝他比出一個沒問題的手勢。

毛茅開心地歡呼一聲，稍早的萎靡就像被一陣旋風捲得丁點也不剩，他立刻跟在林靜靜身後走。

林靜靜是在一間中午沒人使用的音樂教室找到了他們新聞社的社長。

梁青黛。

比林靜靜他們大兩屆的少女紮著整齊的馬尾辮，戴著銀邊眼鏡。單從外貌看，透露出一股精明幹練的感覺。

她坐在靠窗的座位上，在毛茅與林靜靜走近音樂教室的瞬間，就發現他們了。

「靜靜，你們來了啊，等我一下。」梁青黛站了起來，將紙便當盒拿去沖水回收，這才又施施然地走回來。

林靜靜和毛茅站在音樂教室裡。

「你就是毛茅對吧？我聽靜靜提過你。」梁青黛隨意地朝著其他課桌椅一指，「你們坐啊，別傻站著。那麼多椅子，看喜歡坐哪裡都可以。」

雖然梁青黛這麼說，毛茅他們還是等梁青黛坐下後才跟著落坐。

「學姊妳好。」毛茅有禮地打了聲招呼。就算對方剛剛已經說出他的名字，他還是再自我介紹一次，「我是靜靜的同學，毛茅，第二個字是草部的茅。」

「我知道你啊，除魔社的新社員。」梁青黛在提及除魔社的時候，語氣有意無意地加重了幾分。她笑吟吟的，鏡片後的墨綠眼睛像把鋒利小刀，彷彿想將毛茅從頭到腳剖析個徹底。

毛茅似乎無所覺，還是那副乖巧、討人喜歡的模樣。

梁青黛摸了摸耳垂，這是她的習慣小動作。大多數學弟妹被她這麼一盯，幾乎都會渾身不自在，或是坐立難安。但面前的紫髮男孩不知是粗神經，抑或是不將自己的打量當一回事。

「聽靜靜說，你對吸血鬼的事感到很好奇？」梁青黛問。

林靜靜在電話裡對她說，她的同學毛茅非常想要了解一下近日的吸血鬼事件，如果可以的話，希望社長能透露一些大眾還不知曉的消息。

「嗯嗯，我超想知道的呢！」毛茅亮得有如小燈泡的金黃眼睛，讓人絲毫不會懷疑他的話有假，「學姊可以告訴我一些……嗯，打工板和新聞社社板上沒貼出的消息嗎？」

「也不是不行，靜靜都特地帶你過來了。」梁青黛手支著下巴，「沒想到除魔社的人有天會來跟我們新聞社的人索要消息呢，以前都是反過來的，感覺挺有趣的。」

「以前？」毛茅是真的不清楚新聞社和除魔社之間曾發生什麼事。

「之前的除污社低調也不引人注目，老實說，大家根本都快不記得有這麼一個社團了。但是時衛接任社長後，突然間變得高調浮誇，簡直像是隻開屏的雄孔雀，恨不得讓所有人都注意到他們的存在呢。」梁青黛微笑地說，語速比先前快上些許，宛如秋冬之際驟然颳起冷風，話裡挾帶著讓人難以忽視的涼意，「風頭盛得……連我們新聞社都被蓋得黯淡無光了。」

林靜靜這下有些不安地動了動。她平時在社團也有聽過一些對除魔社不滿的言論，可她沒想到，社長會當著除魔社一分子的毛茅面前說出來。

她開始後悔把毛茅帶過來的這個舉動了。早知道會變成這樣，還不如她幫毛茅問更保險。

「我們社長確實是挺高調的一個人。」毛茅像是毫不在意梁青黛的言語，他揚起開朗的笑容，還跟著附和了幾句，「不過他那個人，要低調估計也挺難的。嗯，光是那張臉就低調不下去了，對吧，學姊？」

梁青黛哽了一下。同意的話，不就變成她在誇讚時衛了；但是不同意……

梁青黛笑意微僵，只能心不甘情不願地擠出「對」這個字眼。

時衛那張臉根本是上天精雕細琢的完美產物，這是榴華高中從上到下一致公認的，沒人能否認這項事實。

即使梁青黛再怎麼想昧著良心，也無法做到。

「社長，有關吸血鬼的事……」林靜靜連忙將話題拉回來，以免對方再揪著除魔社不放。

「我也沒什麼可以多說的，有些消息還沒經過確認，不好先告訴你們。不過倒是能跟你們說，社團裡最初看見那個獸皮大衣吸血鬼的人……其實是我。」

「咦？」林靜靜吃了一驚，「不是杜學長嗎？」

她說的杜學長，就是那位拍到吸血鬼模糊背影的人。

「他有拍到人，我沒拍到人，沒證據也很難跟人分享這事吧。加上我也沒被攻擊，只是驚鴻一瞥而已，所以我那時候才沒說什麼。」梁青黛拿出手機，找出了一張照片。

照片裡看起來是城市夜晚的某一角，但沒有顯著的地標可以辨認出地點，只能看見被夜色籠罩的大樓和樓外的綠植。

「這是在杏江區附近拍的。」梁青黛說，「那裡也是我偶然看見那個吸血鬼的地方。我來不及拍到他，就拍了那裡的景象作個紀念。」

杏江區……毛茅咀嚼這幾個字，覺得似乎在哪聽過，但一時翻不出記憶，「學姊，請問這照片可以借我翻拍嗎？」

「拍啊，反正只是張普通的照片。」梁青黛將手機遞向前，讓毛茅翻拍。

「謝謝學姊。」毛茅收起手機，「對了，我一直有個疑問。學姊你們那麼快就接受了那個披著大衣的怪人是吸血鬼？我以爲新聞社……」

「以爲怎樣？該更實是求事一點？不要輕易相信幻想生物的存在？」梁青黛又摸了一下耳垂，唇角還是含著笑意，可眼內亮起灼人的光，聲音也激昂起來。

「嚴格來說，我們並沒有完全認定那個襲擊人的傢伙是吸血鬼。既然你說你有看我們社板的發文，就該明白我們在下標語時，是以疑問來作結。新聞社是要做什麼的，就是要報導新聞，追蹤眞相。就是因爲抱有懷疑，我們才要儘可能地追根究柢，找出那個犯人的眞實身分，這才是我們社團的職責。爲此，新聞社會想辦法拍到更多照片，挖出更多可以說服大家的線索或證據。讓人明白我們社團可不是一個擺著好看、沒什麼作用性的社團。」

林靜靜覺得梁青黛最後一句是在暗諷除魔社，她苦著臉，對毛茅的歉意越疊越高。

「我也很期待新聞社接下來的更新呢。」毛茅像聽不出諷刺，眸子彎成弦月狀。

這讓梁青黛只覺這一下彷彿打到了棉花上，她頓感無趣地撇撇嘴角。

「謝謝社長。快午休了，那我們先回去了。」林靜靜拉起毛茅，在向梁青黛道過謝後，以最快速度把自己的同學拉離了音樂教室。

並且暗暗發誓，以後她絕對不會再帶毛茅和自己社團的人碰面了，這讓她尷尬症都要犯了好嗎！

收集完目前能獲得的所有情報後，毛茅感動地發現到，他又可以在中午時到除魔社報到了，再也不用面對白烏亞失落的追問而產生罪惡感。

啊，不過之後還是得面對高甜的課後輔導。

也許他應該跟高甜打個商量，看輔導課能不能在社辦裡開，起碼社辦裡總會有其他學長姊在，碰上「這樣那樣，所以這樣」的講課方式又出現的時候，還可以跟旁邊討個救兵。

雖然後天開始便是假日，愉快的午餐時間只剩一天，之後要等到下禮拜一，但這不妨礙毛茅放學時懷抱著好心情，前往社團大樓的五樓。

寬敞明亮的社團辦公室裡，只有高甜和黑裊。

高甜捧著一個活像是五個包子合體在一起的巨大包子，優雅又快速地吃著。肉餡的香氣和麵皮的甜香混在一起，交織出令人食指大動的味道。

高甜朝毛茅點了點頭。包子只有一個，就算對方是好朋友，她也不會分出去的，不過下次她會記得買兩個。

「嗨，高甜。黑梟學姊？」毛茅訝異地說，「眞難得。」社課能不出現就不出現的黑梟，居然會挑沒有木花梨在的這個時間點過來？

制服外罩著一件連帽外套，在室內也拉起兜帽的雙馬尾少女，幽幽地朝說話聲方向看了過去。那雙淺灰近白的眼眸看起來格外懾人，更不用說她那身蒼白到無血色的肌膚，讓她活像是從恐怖片裡走出來的鬼魅。

「你也很難得。花梨學姊說，有好幾天沒看到你了。」黑梟的語氣和她整個人的外表一樣，都陰森森的，在悶熱的天氣裡都能無端激出人一身寒意，「花梨學姊，連放學後和我一起走的路上，都提到你了呢。」

哇喔，能嗅到濃濃妒意還有殺意呢。毛茅撓撓臉頰，面臨人身安全的他立刻努力爲自己的生命尋找出路。

「學姊和木學姊放學結伴走的嗎？聽說女孩子之間都會手牽手一起走呢。」毛茅在離黑梟最遠的位置坐下，雙手托著臉，笑咪咪地給出建議，「學姊下次也和木學姊試試吧，肯定能加深妳們的感情的。」

「牽……牽手？」黑梟的尾音不明顯地微顫了顫，又恢復陰冷，「你的意見聽起來是可以採納的，等我能和花梨學姊肩並著肩走的時候，我會再試試的。」

現在還沒辦法，在花梨學姊全身耀眼的聖光照耀之下，她連太靠近都覺得是種對對方的褻瀆。

她目前還是只能躲在對方的後面，讓陰影或遮蔽物擋住自己的身形。但是，對方最近似乎都能察覺到她的存在了，會特意放大聲音，像在和誰對話一樣……

想到這裡，黑梟忍不住摀上臉，感覺掌心下的臉頰泛起一陣滾燙的熱度。

「黑梟學姊，今天小書屋有舊書特賣會喔，我記得那裡有些冥王星寶寶的相關書籍。」毛茅說，「我之前有傳訊息給木學姊了，妳要不要也去小書屋那邊看看？我把地址傳給妳吧。」

「之前我們去過的那個？」聽到熟悉的店名，高甜停下吃肉包的動作，「個子矮、沒胸，頭髮綁著兩坨，像把肉包綁頭上，疑似童工的那個老闆開的店？」

毛茅懷疑高甜對森柒髮型的評論靈感，源自於她手上正拿著的包子。

「森柒真的不是童工，她年紀可比我們都大了。」毛茅替那位也是他朋友的綠髮小女孩解釋，「她以前和我爸爸是同事呢。」

「嗯，確實有夠大。」高甜同意，「不過那裡書挺多，黑梟學姊可以跟花梨學姊多去。書店也很適合增進感情，是好朋友們該常去的地方，我下次也會再跟毛茅一起去。」

然後她會很樂意看到那名綠髮小女孩一臉崩潰，巴不得她能別再上門的樣子。

「我知道了，謝謝你們。」黑梟對幫她出主意的學弟妹道謝，「下次，免費幫你們占卜一次。」

收到毛茅傳來的小書屋地址，黑梟拎起包包，一晃眼就跑出了除魔社的社辦。

「今天怎麼沒看到社長？」毛茅起身，探頭往那張椅背對著門口的華麗椅子看過去，確定時衛眞的沒有躲在後面。

把這裡當成他私人地盤的時衛，按照慣例，不是幾乎每天放學後都雷打不動地窩在這裡的嗎？

「社長手機摔了，螢幕摔裂了，剛好又沒帶備用的在身邊。」高甜一句話說明了一切。

對於玩手遊成癮的時衛來說，這可是天大的事情，嚴重等級大概和天崩地裂差不多。

「怪不得會沒看到社長呢。」毛茅總算放棄從櫃子裡或桌子底下找到時衛，「本來想問他和新聞社之間是不是發生過什麼……」

「新聞社？爲什麼會忽然提到？」高甜扔出問題，把最後幾口肉包快速塞進嘴巴，解決完了她的下午茶點心。

嗯，今日的第三份下午茶點心。

「今天剛好跟靜靜提到吸血鬼的話題，高甜有聽說嗎，就是近期市裡出現一個披著奇怪獸皮大衣，會咬獨身女性的吸血鬼……姑且先認爲他是男的。」毛茅巧妙地省略了中間的過程，只以他對吸血鬼感興趣來作爲中心主旨。
說什麼都不能讓高甜察覺到他收集吸血鬼的情報，是爲了要抓吸血鬼，換到萬聖節版神祕口味洋芋片。
「聽過，社長說不是魔女，所以不用理會。」高甜話裡的潛含意就是，她對這事件的後續發展完全不關心。但眼下既然毛茅有興趣，或許她可以留意一下，「然後呢？你還沒說完。」
「然後靜靜就帶我去找他們社長，靜靜是新聞社的。」毛茅說，「那位學姊看起來，似乎不是很喜歡除魔社。」
「不少社團都眼紅除魔社，新聞社不是第一個，也不是最後一個。」高甜雖說才高一，但對社團間的暗潮洶湧倒是略知一二，「我在國中部就聽過了，社長，不意外。」
「唔，的確。如果是指社長拉仇恨的功力，那眞的一點也不讓人意外。」毛茅同意。
單看林靜靜和凌淨就知道了，她們就算被時衛的那張完美面容魅惑，但往往撐不了太久，就會被對方的毒舌給勾起了殺意。
要論時衛哪方面最強，毛茅覺得對方在最短時間內讓別人想揍他這點，估計最有天賦了。
「新聞社的社長跟你說了什麼嗎？」
「她給我看了照片呢。據她所說，她才是他們社團裡最先見到那個披著獸皮大衣的人。但對方一轉眼就消失了，她來不及拍照，最後就只拍了吸血鬼出沒地的照片作爲紀念。」

毛茅將翻拍的照片展示給高甜看，「她說是在杏江區附近拍的。」

「照片裡不是杏江區。」

「咦？」

「對於自己住的地方，我不會認錯。剛搬來時，我就把整個杏江區都走過了。」

「啊，怪不得我怎麼覺得好像在哪聽過這個區的名字……那位學姊爲什麼要報錯誤的地名給我啊？」

「保持獨家的概念？也許。」高甜提出了自己的看法，「再然後呢？你還是沒說完。」

毛茅一怔，「哎？我說完了呀。」

「你還沒說你是爲什麼要在晚上扮女裝，還從一條沒什麼人的陰暗小巷裡出來。你是爲了吸血鬼嗎？」

高甜此話一出，毛茅反射性站了起來，突然的動作差點讓椅子翻倒，他的臉上躍上了震驚、錯愕，最後集結成一股不敢置信。那雙金耀的眼睛瞪得又圓又大，如同一隻受驚的貓咪。

「不、不是吧？」毛茅罕見地說話結巴了，「高甜妳認出來了？」

「爲什麼認不出來？」高甜反問道：「你是我的朋友，就算你化成灰，我也有自信能夠認出來的。」

不，拜託還是不要讓他化成灰吧……毛茅坐了回去，喪氣地把下巴抵在桌面上。他還以爲昨晚成功瞞過高甜的耳目，結果沒想到……

原來人家只是沒當面點破而已。

「那妳怎麼還問我毛絨絨要去哪邊買？」毛茅百思不解。

「我只是好奇你會怎麼回答而已。」高甜說，「況且以扭蛋來說，毛絨絨太胖，塞不進去蛋殼裡。」

「我忘記把他的體積也算進去了，失策。」毛茅扼腕地一拍掌，「下次我會考量得更全面的。」

「下次？」高甜漂亮的眉毛微挑起來，像把鋒利的剃刀。

「我是說，下次不會再知情不報了。」毛茅迅速地承認錯誤，「所以就拜託妳千萬不要告訴烏鴉學長和木學姊。」

「我不會把你男扮女裝的事說出去。」高甜以條件交換，「但你要告訴我這麼做的原因。」

吸血鬼不是污穢，打了也不會有可以換錢的結晶掉下來。高甜在這件事上，找不出毛茅爲此行動的理由。

毛茅看起來還想做個垂死掙扎。

「我現在就傳訊給花梨學姊和烏鴉學長。」高甜拿出手機。

「啊，別別別！」毛茅不敢再瞞了，當下將實情全吐露出來，「我是爲了洋芋片才想去抓吸血鬼的。因爲吸血鬼都是在晚間或半夜出沒，所以打工板上不少值晚班的人就發起了祭品文，承諾只要誰抓到吸血鬼，就願意提供自己在文裡說過的東西。」

「有一篇祭品文，是送洋芋片，還不是普通的洋芋片。」高甜肯定地說。

否則毛茅不會花費那麼多心思在上面。

「是萬聖節版的神祕口味！」一說起自己的心頭好，毛茅的眼底像有無數小星星閃耀，彷佛進駐了一道銀河在裡面，「它不會在包裝上標出口味，而是要讓消費者自己去感悟那究竟是怎樣的一種味道。當初聽見拉芙家要推出這款新洋芋片的時候，我就在期待了。」

恨不得新品上市的那一日快點到來，恨不得自己立刻就可以買個好幾包來嘗試。

所以一看到有一個月份的神祕口味洋芋片可以拿，只要抓到那個造成人心惶惶的吸血鬼的話，他才會不假思索地把自己當成誘餌。

這些，毛茅沒全說出口，但是高甜也能猜得出大概了。

全除魔社的人都知道，這名紫髮男孩對洋芋片有多麼狂熱。狂熱到讓人不禁想懷疑他血管裡流動的該不會都是洋芋片吧？

□

漆黑的夜幕拉下，濃沉的夜色包圍了榴岩市，一盞盞路燈隨之亮起，水銀色的燈光灑在路面上。

一抹高挑纖瘦的人影踩過投映在地面上的光斑，隻身一人走在人行道上，腳下蹬著一雙高跟鞋，將她本就傲人的身高又拉長不少。

從她身邊經過的人不由得先被她的身高懾住，畢竟一百八以上的女性著實罕見。接著便會震驚於對方的美貌，捨不得挪開視線。

高甜早就習慣來自外界的目光，她維持著大又快的步伐，像陣旋風般地前往目的地。鹽酥雞攤位。

她在出門前就先打電話預訂了，現在過去就能直接付錢拎了就走，用不著多花時間在那等待。

她一點也不喜歡浪費時間。

鹽酥雞的老闆早就記得這位總是點大分量，可人看起來瘦瘦，似乎怎麼也吃不胖的美女客人。

一看到高甜走近，他立刻笑呵呵地將炸好的炸物遞了出去，同時見怪不怪地發現到，自己攤前的客人像呆住似地盯著高甜不放。

就算是曾見過高甜好幾次的熟客，也總還是會看傻眼。

甚至還有一個男客人忍不住從店家準備的椅子上站起來，想要上前和高甜攀談。

不過他這一站，瞬間發覺到自己和高甜之間的身高差距——他和高甜站一起，顯得「小鳥依人」的分明是自己。

男性自尊心受到打擊的客人摸摸鼻子，默默地又坐了回去，不想自取其辱了。

高甜壓根沒留意到這種微不足道的小插曲，她大步流星地繼續走，卻不是選擇原路折回。而是挑了一條比較偏僻，人煙自然也稀少的路徑。

一繞進這條沿著河堤的小路裡，四周頓時變得幽暗不少。路燈只有一、兩盞還亮著，另外幾盞則像是巨大而無用的裝飾品，時不時還能嗅到水氣的味道。

高甜不疾不緩地走著，似乎在享受夜間散步的悠閒。可實際上，她是在檢查附近是否有黴斑。

不管是除穢者或實習生，這都是他們該盡的責任。

只要看到那恍如黴菌斑的花紋出現在視野內，就要先採取刷洗的行動，倘若能找到產生黴斑源頭的孢子囊更好。

一旦消除孢子囊，就能徹底杜絕黴斑的產生。

目前爲止，高甜尚未看見黴斑的蹤影，也沒有發現她想找尋的另一抹存在。

得知毛茅想要抓吸血鬼來換洋芋片獎賞後，高甜就決定留個心眼，在檢視黴斑的同時，也留意是否有疑似吸血鬼的人出沒。

不知道性別，披著獸皮大衣，有尖牙，會咬女性的頸項，據說還能平空放出火焰。

這些特徵看起來一點也不像是人類。

如果不是時衛有先去看過受害者，確認對方身上沒有契魂，也沒有呈現出契魂被奪走的空洞個性，那麼高甜可能會以為那個吸血鬼或許是協會在追殺的魔女。

假如不是魔女，那麼對方究竟是什麼？

高甜沒有深入探詢的欲望，她只要抓到吸血鬼，給出一番教訓，再把人押給毛茅就好。

手中鹽酥雞的香氣飄了一路，高甜本來想回家再吃的計畫登時變得搖搖欲墜。又往前走了一小段，她果決地放棄計畫、順從渴望，直接邊走邊吃了。

炸得薄薄脆脆的雞皮被咬得「卡滋卡滋」響。

除此之外，高甜還聽見了另一道聲音。

腳步聲，就在她的後方。

並且有越來越近的趨勢。

或許是剛好同方向的路人，也或許是……

高甜沒有特意回頭，而是繼續往前走，似乎天塌下來也不能阻止她吃炸物。

下一刹那，一隻手臂猝不及防地從後探出。只要再一丁點距離，就能一把抓住高甜肩頭。

高甜迅速側身，讓後面的那隻手落了一個空。

回過頭，映入她深黑眼瞳中的，赫然是一抹裹著獸皮大衣的身影。對方的半張臉被面具擋住，只露出了下半部，但從體型和暴露出的臉孔部分來看，明顯是年輕男性。

似乎沒想到自己的偷襲會失敗，那人愣了愣，緊接著不死心地再度朝高甜衝去。張開的嘴發出了古怪的吼叫，還能看到尖利的獠牙露出。

無論從哪方面來看，都和網路上提到的吸血鬼無異。

高甜沒有流露出一絲對方預期能見到的驚慌。相反地，她還有餘裕將塑膠袋先放到一邊地上，再快若疾雷地出手。

短短片刻，比高甜還矮了一些的那人，就被一個俐落強悍的過肩摔給重重放倒在地。

背部撞到堅硬地面的劇痛讓他眼前一黑，控制不住地哀號出聲。本來蓄足的氣勢瞬間像被扎破的氣球，消得一點也不剩。

眼見高甜逼近，驚恐爬上他瞪大的眼。他忙不迭地爬起，一心只想快點逃離現場。

高甜豈會讓他那麼簡單逃逸，她一個箭步衝上，長臂一探——

抓住那人本該是一件勝券在握的事，然而高甜卻偏偏在這一刻瞥見了足以令她分心的事物，讓她只來得及扯下那人身上的獸皮大衣。

顧不得大衣被扯落，露出一身再普通不過的便裝，那年輕男子狼狽地落荒而逃。

高甜此時卻也無暇分出心神給那人。撈起地上的宵夜，她疾奔往另一個方向。

追著移動的黴斑而去！

沒錯，這就是高甜放棄追捕那年輕男人的緣由。

會在頃刻間高速游移的黴菌斑只代表一件事——污穢即將從孢子囊誕生，降臨於世上。

還沒等到高甜找出孢子囊位置，四周氣氛瞬時變了。

空氣驟然變得緊繃，彷彿還能聽到類似電流滋滋作響的聲音，無形的壓迫感圍繞在高甜的身邊。

然後，一隻龐然大物冷不防在高甜面前現身了。

它上半身似驢，下半身則如鱷身；墨綠的金屬鱗甲遍布身軀，中間的鱗甲高高豎起，宛若一把把尖銳的利刃。

在它凹陷的眼洞中，蒼白色的火焰在裡頭熊熊燃燒著，像要將身邊的夜色一併燃燒殆盡。

面對在常人眼中等同怪物的存在，高甜眉眼冷淡，皎白昳麗的面容上找不到任何驚懼。她將手上的東西先放至一邊，隨後點按了金屬手環上的一枚晶石。

霎時，難以計數的光絲從四面八方交織成網格，將高甜與污穢所在地帶包覆在裡面。

回收場設定完成，所有事物的顏色也在剎那間發生了改變。

鮮明色彩剝落，混濁的黯灰與棕色覆蓋一切，形成了僅存雙色的世界。

嗅到香甜氣息的污穢亢奮地嘶吼一聲，猛地邁動粗壯四肢，飛快衝向前方的黑長髮少女。

高甜不閃不避，反而主動迎向前。隨著前進，她腳下的影子也發生奇異的變化，像忽然間化成了液體，劇烈翻湧。

下一秒，六把長刀從影子裡疾速竄出。它們有如六道流星，拖曳出銀白色的光軌，迅雷不及掩耳地瞄準污穢。

污穢搧起扁平的尾巴，猛地將其中兩把長刀擊落，可還有四把一路向前。

說時遲那時快，四把鋒利長刀挾帶銳不可擋的氣勢，挑準了鱗甲之間的縫隙，毫不留情地斜刺進去，深深沒入了污穢體內。

污穢爆出尖厲喊聲，尾巴甩動得更爲激烈，抽裂地面，掀起一陣飛砂走石。

兩簇蒼白火焰燃跳得更爲猛烈，污穢霍地擺動身子，試圖擺脫身上的利器。

強勁的搖晃下竟眞的將長刀甩出了。

可還沒等污穢奮起反擊，那四把被甩飛的長刀及先前被擊落的兩把，轉眼又對它發動新一輪攻擊。

這一次，六把長刀直接選擇尾巴與身軀的接連處，刀尖再度刺進了鱗甲間的縫隙，旋即轉動一圈。

竟硬生生將污穢的尾巴給削了下來。

比起剛才的疼痛，失去尾巴的痛楚給污穢帶來更大的創傷。

從污穢喉中滾出的嚎叫像能震撼整片土地。

高甜一揮手，長刀立即再隨她的意志行動。

沒有了如同鋼鞭一樣的尾巴，污穢的攻擊力頓時下降許多。它只能利用牙齒和利爪，將眼前散發濃郁香氣，但又無比可恨的人類撕成碎片。

高甜自是不會給它這個機會。

銀光在灰棕的世界裡閃耀，有「六花」之名的六把長刀在高空中圍成一個圓，緊接著便鎖定了目標物，以凶猛的力道——

長驅直入！

六把長刀從尾巴的斷面處沒入了污穢體內，找到核心的位置，將之絞個粉碎。隨後又從污穢的身體兩側突刺出來，重新旋繞在它的上頭。

就像一朵鋼鐵之花，盛綻在半空中。

污穢的尖嘯還卡在喉嚨深處，卻再也沒有發出的機會了。它僵直著身子，身周時間像被人按下了暫停鍵。

然後，崩解成細細密密的發光砂子，在黯灰的路面上積成一灘亮晶晶的水窪……

不消一會，留在地上的只剩下剔透光亮的結晶，形狀如同花與葉。

高甜將結晶收進包包裡，解除了回收場，讓這個地區恢復原本色彩。

她拎起了鹽酥雞，這時才有機會打量起剛從那吸血鬼身上扯下來的大衣。她一看就認出來了，這分明只是一件粗製濫造的仿皮草大衣，上頭那些不同顏色的仿皮草，都還是用拙劣的手工縫接在一起，看起來更像是自製道具。

高甜蹙起眉頭。

那副笨拙的身手，還有這件粗糙的大衣，難道說……是模仿犯嗎？

第五章

昨夜高甜從不明人士身上扯下的獸皮大衣，如今就攤放在除魔社社辦的長桌上。

今天有出席的幾名社員圍在旁邊觀看，或是伸手摸摸那略嫌扎人的質感。

「模仿犯嗎？」換了一支手機的時衛終於又恢復成之前把社辦當自己領地的模樣，他坐在專屬座位上，雙手抱胸，若有所思地看著那件色彩混雜的衣物，「品味真是有夠差勁的。」

「社長，你看半天只得到這個結論嗎？」毛茅搖頭嘆氣。

時衛挑眉的表情像在反問不然呢。

毛茅決定換個詢問對象，「烏鴉學長，你怎麼看？」

白烏亞認真思索一會，遲疑地給出回答，「大衣的材質，很差？」

似乎是不確定自己給出的是不是毛茅想要聽到的，白烏亞在句尾還用上了疑問語氣。

「不愧是烏鴉學長，連這都能注意到。」毛茅不假思索地回予了讚美。

白烏亞抿了抿唇，彎出靦腆的微笑。

時衛不幹了，「我和烏鴉的回答是差在哪裡？不要跟我說因爲內容不一樣。憑什麼我就得被你這小不點嫌棄？」

「唔嗯……」既然準備好的理由被時衛說了，毛茅直接換另一個，「因爲烏鴉學長萌。」

時衛不想跟這個被美色迷惑的一年級學弟說話了。

「別理他們男生。」木花梨笑笑地對高甜說，「高甜，妳認爲是模仿犯嗎？」

「一個猜測。」高甜說，「也可能是剛好撞衫的變態。」

高甜會說撞衫不是沒有理由。

經過比對，她帶回來的這件大衣，和新聞社照片裡的那一件，不論是拼接線條或花色，看起來竟是一模一樣。

但除魔社眾人一致覺得，昨晚被高甜踹跑的那人，怎樣也不可能是那名吸血鬼。

一來是對方身手太弱了，沒有網路上提及的迅速及矯健，也沒有召出火焰；二來則是在於，今早又有人在打工板留言，說自己昨夜下班路上碰上了獸皮大衣吸血鬼，還被咬了脖子。

那名受害者在留言裡描述得相當詳細。

她說自己是在快半夜一點的時候下班的，被最近的吸血鬼事件嚇到，特地和另一名女同事結伴回家。然而在沒有落單的情形下，她們還是遇上了吸血鬼，對方的速度快得讓她們來不及看清面容，接著她就眼前一黑。

等到她恢復意識，發現同事也正悠悠轉醒。同事一看到她就發出了驚恐的叫聲，她才知道自己的頸側多了兩個小小的傷口，鮮血滲冒了出來。隔日更是貧血了，頭暈、身體發軟。

拖著疲軟的身子，她前往警局報案。但調了監視器，那條路上卻只有她和同事的身影，完全不見那名吸血鬼。更讓她深感毛骨悚然的是，在錄影畫面裡，她們兩個女孩子竟然是什麼事也沒發生地就走了過去。

於是反倒被警察誤以爲她在惡作劇，增添他們的麻煩。

從這名女性受害者的敘述來看，她所說的人物，和高甜昨晚碰上的，聽起來截然不同，不可能會是同一人。

「被我摔過去的那傢伙，弱爆了。」高甜給出了一個低到不能再低的評價，「他做不到那個女孩子說的那些事。」

「能做得到的，不是人類了吧？難道說，眞的是傳說中的吸血鬼？」毛茅臉上難掩興奮的光采。

這是不是就表示，他到時追捕到對方的話，就能儘管大展身手，不用擔心對方輕易就被他打壞了？

時衛觀察敏銳，「小不點，你好像特別在意吸血鬼，爲什麼？別跟我說，你突然熱愛研究超現實的東西了。」

「嗯，感覺很關心。」就連白烏亞都注意到了。

「毛茅，你該不會是想……」木花梨的笑顏還是溫溫柔柔的，可那雙暖色系的棕眸微瞇起來，似乎開始懷疑起毛茅的目的。

「呃，我只是想而已。」毛茅朝學長姊們綻放出最無辜可愛的笑容。

「他只是想沒錯。」高甜跳出來替毛茅作證，雖然作的是僞證，「他沒膽子在未經學長和學姊的同意之前，就跑去抓吸血鬼。」

「沒錯，我沒那個膽子的。」毛茅說起謊來臉不紅氣不喘。

向來很信任小學弟的白烏亞和木花梨，這次也相信了他的說詞。

時衛可不像另外兩人那麼好矇騙過去，他指尖敲了敲桌面，從毛茅和高甜的一搭一唱中嗅出了可疑的味道，不過他也不打算說破什麼。他對社員的行爲大多是睜一隻眼閉一隻眼，只要不是太超過就好。

「我相信你只是想。」時衛在「想」這個字上加重語氣，「我比較想知道的是，是什麼讓你想抓吸血鬼？」

「當然是爲了洋芋片！」毛茅在這方面就完全沒說謊了。一提起自己最愛的零食，他就眉飛色舞起來，眉眼都在發光似的，「打工板上有人貼文，說只要抓到吸血鬼，就願意贈送一個月份萬聖節限定的神祕口味洋芋片！」

「神祕口味是什麼口味？」時衛納悶極了。

「就是不知道才叫神祕口味啊。」毛茅愉快地說，「而且還是一個月份耶，怎麼聽都超棒的對不對？」

「毛茅，你這樣很容易被人誘拐走的。」木花梨憂心忡忡地說，「萬一哪天有壞人給你一包洋芋片……」

「木學姊，我十六歲啦。」毛茅拍拍胸膛，保證自己絕對不會遭誘拐的。他只會搶走洋芋片，踹倒那個誘拐犯而已。

「也是。」木花梨也意會到自己太杞人憂天了，「你比社長成熟多了呢。」

「花梨，不要以爲我沒聽見。」近日因爲玩手遊玩太凶，又被木花梨判定只有三歲的時衛不悅地說。

「就是要說給社長你聽的沒錯。」木花梨笑靨如花地說，「你看毛茅都比你這個當學長的還要成熟了。」

時衛果決地切換話題，拒絕再被人評論心智年齡，「要出神祕口味的是哪家洋芋片？要一個月份的還不簡單，反正當初小不點你也替我……」

「謝謝社長，但是不用了。」毛茅搶先一步地說，不讓時衛不小心說出他們在時芽山莊私下達成條件交換的事。

「眞拿你沒辦法。」時衛驀地也反應過來，迅速改口。萬一自己暗中賄賂毛茅的事被他人知道，肯定逃不過木花梨的說教。

如果連時玥雪都不小心聽到的話，那就是乘以二的說教了。

時衛一點也不想被說教雙重奏給包圍。

「這件大衣……」時衛的口吻充滿濃濃看不上的意味，似乎覺得以「大衣」兩字稱呼桌上的那件衣物，都降低了大衣的格調，「隨便你們要怎麼處理，總之別讓它出現在我的視野內，傷眼睛。至於吸血鬼的部分……」

時衛不是很想理會與人形污穢無關的事，但他的確也想弄清楚，那個非人的傢伙究竟是何種來歷？

為什麼有辦法做到那些超乎現實的事？

毛茅眼睛發亮，萬分期待地等著時衛說完。

「有空的話，就多留意看看吧。」時衛對自己的社員們下達指令，「安全至上，不要悶頭就往危險裡栽進去。就是在說你，小不點。」

「哎？」毛茅擺出最乖巧的表情，「我明明很乖的啊，不信你問烏鴉學長。」

白烏亞點頭，他的直屬學弟眞的很乖。

「呵呵。」時衛一點也不相信，他連白眼都不屑翻了。

也就只有開了「我的直屬最乖最貼心」濾鏡的烏鴉，才會傻得沒瞧見那個小不點的頭頂上飄著大大的——

耶，萬歲，可以去抓吸血鬼了！

時衛搖搖頭，沒興趣去搖著白烏亞的肩膀，要他清醒一點。

「我沒什麼要補充了，別打擾我打遊戲。」時衛腳下一用力，讓椅子的滾輪帶他回到了另一張桌前，「自行解散吧。」

「哪一天眞該把社長你的網路切掉呢。」木花梨傷腦筋地嘆氣，「三歲玩遊戲玩那麼凶，只會讓心智越發地不成熟哪。」

「花梨學姊說的沒錯。」冷不防，一道幽幽細細的嗓音響起。

在悶熱的十月天氣裡，宛如突然注入了一股凍人的冷氣。

「黑梟。」木花梨有些驚喜地看著最近和她感情有升溫跡象的粉紅雙馬尾少女。

黑梟在制服外穿著一件大大的連帽外套，她瘦弱的身子似乎隨時會被那件衣物給吞吃進去。從寬大袖口探出的蒼白指尖，正捧著一顆像是占卜用的水晶球。

「時衛的手機，今天有很大的機率會摔到地板上。」黑梟站在了社辦的最角落，讓陰影籠罩她的全身。

那個位置和木花梨相隔得最遠，這讓木花梨剛揚起的開心笑顏又失落地垮下。

「叫學長。」時衛先是擰起了眉，接著把手機握得更緊，就怕它突然投向了大地的懷抱，成爲他第二支又摔裂螢幕的手機，「這是妳占卜到的？」

「不是。」黑梟微微彎動嘴角，「是我的詛咒，我才不會爲了區區的時衛特別占卜。」

「不要以爲我沒辦法治妳啊，黑梟。」被冠上「區區」兩字的時衛露出了優雅的微笑，「如果現在不替我煩心的事情占卜的話，花梨。」

「咦？是。」忽然被點到名的木花梨困惑地回過頭，「社長，你有……」

不待木花梨問完話，黑梟霍地往前站出了一大步，「注意核桃。」

「注意，什麼？」時衛眉梢控制不住地挑揚起。

他的疑問，也是其他人的共同心聲。

「核桃——」黑梟慢吞吞地說，尾音拖得長長的，飄出難以言喻的陰森感。

「核桃？可以吃的那種？」毛茅也舉手發問。

「要先敲碎殼才能吃。」高甜說，「不要傻得連殼都吃下去，你會噎死的，小豆苗。黑梟學姊，妳說的核桃是帶殼的那種嗎？」

「對。」黑梟又退回陰影內，那雙淺灰近白的眼瞳看起來格外懾人，「我看到，帶殼的核桃。其他問我也沒用，我只在水晶球裡看見這個，所以區區的時衛可以閉上嘴了。」

「區區的學妹才須要學習一下對學長的禮貌才對。」時衛的笑還是優雅無比，可他的腦內已快速羅列出多種可以讓黑梟學習不要以下犯上的方法。

例如，叫木花梨和黑梟手牽手，讓想要和木花梨親近，卻又還沒適應對方聖潔光輝的她發出痛苦的慘叫。

啊，這主意眞是不錯。

「時衛，你在打什麼主意？」黑裊警戒地瞪著時衛，「你要我占卜，我占出來了。」

「沒打什麼主意。」時衛面不改色地說，「我只是無法理解，我在煩吸血鬼的事，爲什麼跟核桃有關？」

「不知道。」黑裊說，「我只是把看到的說出來。如果無所不知，我早就去買樂透了。」

「到時候請學姊務必帶上我。」毛茅雙手合十，「我也很想體會一把人生贏家的滋味呢。」

「離題了，離題了，你們是幼稚園小朋友嗎？連專心在正事上都撐不過三分鐘？」時衛敲敲桌子，不待木花梨張口說出社長你才是小朋友，他飛快地又說，「剛剛讓我煩心的是吸血鬼怎會有如此差勁的服裝品味，簡直丟了電影裡那些吸血鬼的臉，起碼他們還懂得人要衣裝。核桃和吸血鬼到底是怎麼牽扯上關聯的？」

「不知道。」黑裊還是這三個字，灰眼睛明晃晃地寫著對時衛的鄙視。

老話一句，要是她什麼都知道的話，早就先去買樂透，然後中個上億頭獎，爲花梨學姊買下全世界的冥王星寶寶周邊了。

除魔社的會議向來很快結束，一票社員早早離開了社辦，只剩下時衛獨自留下玩他的手機遊戲。

與除魔社相反，新聞社常常會在學校裡待得比較晚，社辦裡的燈基本上亮到七、八點才會熄。

不過這時候，留下來的通常只有幾位重要幹部，一般社員早就先行離開。

確認完最後一條交代事項，梁青黛將桌上的多張文件收疊起，在桌面上敲了敲，讓紙張能收得更整齊一點。

「相信各位都知道接下來該做的事了。」梁青黛露出銳利的笑容，「我很期待大家寫出來的東西呢。好了，大家回家路上小心一點。」

「知道了，社長大人。」新聞社的公關笑嘻嘻地拉長尾音，「要小心別碰上吸血鬼嘛。」

「特別是谷芽，要再多注意，說不定吸血鬼對妳的脖子戀戀不忘。」

谷芽板著臉，鳳眼凌厲地瞪了取笑她的副社長，「你才小心別被咬。」

「才不會，吸血鬼哪可能喜歡我這種大男人的血，對吧？」副社長轉頭徵詢其他人意見。

社辦裡的眾人發出了一陣會意的哄笑。

谷芽撫上自己傷好得差不多的頸側，朝他們翻了一個大大的白眼，「真是夠了，下次就換你們被咬咬看，很痛耶。」

「不不不，我們才不想被咬呢。」幾名幹部連忙擺手。

谷芽發出大大的哼聲，把自己的東西收了收，朝另一名同爲二年級的女生喊了聲，「木香，今天一起去買雞排吧。」

「沒問題！」綁著團子頭的圓臉女孩露出大大的笑容，粗框眼鏡後的眼睛瞇得像彎彎的弦月，「等我一下喔！」

都是二年級，還是隔壁班，谷芽與丁木香在社團裡感情相當不錯。雖然彼此回家路線不同方向，但社課結束後，時常會結伴去街上買些東西。如果知道哪邊有新開的店面，都會興沖沖地與對方交換情報，再一塊去逛逛。

兩名少女才走出校門不久，就冷不防聽見有人向她們打招呼。

「啊，學姊再見！」

聲音是從一旁便利超商的騎樓下傳出來的。

谷芽和丁木香反射性看過去，發現是她們社團的一年級學妹，林靜靜。對方身邊還站著另一名同樣身穿榴華制服的女孩，五官艷麗，看起來比林靜靜還要成熟。

「靜靜，妳怎麼還沒回去？」丁木香驚訝地問，「這位是？」

「是我同學啦，我和她聊天，等等就要跟她一起回去了，我們還是鄰居喔。」林靜靜笑嘻嘻地回答著，一手挽著凌淨的手，「學姊們開會開那麼晚呀。」

「社長不小心嘮叨太久了，不要被社長知道我說她壞話啊。」丁木香舉起手指，做出一個噓的手勢。

「幼稚耶妳。」谷芽沒好氣地說，又對兩名一年級學妹交代，「妳們倆回去也要多注意安全。」

「知道了，學姊。」林靜靜說，「學姊妳們也要多加小心。那種沒什麼人的小巷子真的很危險，學姊不要再從那邊走了。」

林靜靜指的是上回谷芽抄小路，結果碰上吸血鬼的事。她眼含擔心，不希望自己認識的人再受到傷害。

「別擔心，我會拉著妳的谷芽學姊，走在又亮而且人又多的大路上的。」丁木香笑咪咪地做保證，「掰掰啦。」

「別拉著我的手啦。」谷芽把自己被握住的手指抽出來，白了丁木香一眼，「都幾歲了，還要手牽手。」

「妳這樣說，簡直傷透了我的心啊，小芽。」丁木香故作傷心地捧著心，「我的心都要碎了，難道妳沒看見嗎？」

「當然沒有。」谷芽冷酷地否認。

「嘖，眞不好玩啊，好歹配合一下嘛。」丁木香咕噥地說，「靜靜看起來挺擔心妳的。」
「等妳被咬，她也會擔心妳的，我看妳乾脆就被咬一次看看吧。」谷芽說。
「我才不要，被咬會痛耶。」丁木香連忙搖頭，「小芽妳不要出這種餿主意，重點是雞排才對，我們今天要去買哪家的雞排？」
「就圓環旁邊那家……我先預訂好了，省得去了還要等。」谷芽掏出手機，打電話給雞排攤的老闆，跟對方訂了兩個雞排，「欸，木香，除了雞排妳還要別的嗎？」
「啊，要要要！我要大薯和大份甜不辣，胡椒多一點！」
谷芽又跟手機另一端追加了薯條、甜不辣，還有自己喜歡吃的炸四季豆。
「老闆說現在沒什麼人，大概十分鐘就能過去拿了。」谷芽收起手機，眉頭微皺。
那家雞排攤的生意平時就很好，明天又是週六，照理說週五晚上的客人會特別多，她才特地先打電話過去的。結果沒想到今天壓根不用等，她們現在過去也不只十五分鐘，到時候炸物都冷掉了。
丁木香也想到這點，一張圓潤的臉蛋跟著皺了起來，她喜歡邊走邊吃熱呼呼的炸薯條和甜不辣啊。
「沒辦法了。」谷芽沉聲地說，「抄近路了。」
「欸欸？眞的要抄喔？」丁木香吃驚地問，「那條近路很黑耶，路燈不曉得壞多久了，都沒人來修。

「等要選舉就會有人修了。」谷芽嘲諷地說。

「那還要好久啊……」丁木香憂鬱地嘆氣，「真的要抄嗎？小芽，萬一碰到吸血鬼怎麼辦？我好怕喔。」

「等妳拿出怕的表情，我再相信妳。」谷芽吐槽，「碰到的話，妳就打他啊，看他敢不敢咬妳。」

「嘻嘻，沒錯。他要是敢咬我，我就打他。」丁木香握緊拳頭，朝空中信心十足地揮舞一下，「所以我們真的要抄？」

「啊啊啊，丁木香妳煩不煩，要問幾次才夠啊？」谷芽忍無可忍地一把扯住丁木香的手臂，大步流星地往前走，「想想看，妳想吃冷掉的甜不辣、薯條，還有雞排嗎？」

「嗚啊，才不要！」換丁木香猛地加大力氣，拖著谷芽朝那條捷徑往前衝。

兩人要走的小路，真的是一條名副其實的狹小道路，僅能供機車通行。

旁邊的路燈不知壞了多久，每逢夜晚，都讓這條小路看起來更加陰暗，幾乎看不見盡頭。

尤其林立在一旁的建築物都拉起了黃線，是之後即將要被拆除的空屋，鐵捲門全緊密拉下，連點人氣也沒有。

也難怪一開始丁木香根本不想走這條捷徑。

「快快快，小芽，我們動作要再快一點！」為了吃到剛起鍋的炸物，丁木香卯足了勁，拉著谷芽馬不停蹄地狂奔著。

不過她的體力本來就沒有特別好，爆發力過了之後，呼吸聲漸漸變得粗重，腳步也慢了下來。最後上氣不接下氣地由跑變走，再變成像拖著千斤重的石頭慢吞吞地前進。

谷芽沒有比丁木香好多少，她同樣也是不擅長運動的人。這一路的橫衝直撞讓她的胸腔像要爆炸似的，她用僅存不多的力氣強行拉住了丁木香。

「先……先停一下……」谷芽喘吁吁地說，聲音都變得沙啞，「我要喘不過氣了……」

「其實……其實我也是……」丁木香的一張圓臉都漲紅了，她拍著胸口，感覺喉嚨乾澀，偏偏身上沒帶水，「早知道……剛應該先在便利商店……買飲料喝的。」

「來不及了……」谷芽放開了丁木香的手，啞著聲音說，「要命，我好喘……都是妳，跑那麼快幹嘛……」

「我怕我的雞排冷掉嘛……」丁木香可憐兮兮地說。

「我還怕我半路先掛掉呢。」谷芽瞪了她一眼，總算感覺呼吸比較順了，「等等不准再用衝的，時間……」

她看了下手機螢幕，「還來得及的。」

「呼，那就好……」丁木香安心下來，也不想再狂奔折磨自己了，「是說，這條路感覺有那麼長嗎？

「有變長嗎？不是一樣？」

「平時用走的都挺快的，何況我們今天還用衝的……不是應該早就到路口了嗎？」

「妳的錯覺吧，肯定跟平常一樣的。路哪可能自己變長，就算我們用衝的……也沒衝多久，就喘得快掛了。」

「好像也是耶。」丁木香撓撓臉頰，將之歸於自己的胡思亂想，「不過我們還是走快一點吧。這種地方，我也不想待太……咦？那個是？」

丁木香話聲一頓，瞇細眼，努力想要看清前方的景象，她好像看見了一條人影。

「小芽，前面是不是有人啊？」

「啊？我看一下……」谷芽順勢往前一看，在闃黑的盡頭處，似乎真的有誰站在那邊。

丁木香吞了吞口水，「變、變態嗎？」

「妳幹嘛不說是剛好經過的路人。」谷芽說，「當變態那麼好遇到的嗎？走啦，我們動作快一點。要是那個人想幹嘛，我們可是有兩個人耶。」

「說的也是，大不了就報警。」丁木香捏緊手機，故意擺出凶狠的表情，「讓警察叔叔教訓那個人。」

谷芽被丁木香的表情給逗笑。

兩人繼續往前走。

那抹在幽暗裡的人影動也不動，就像在那個地方紮下了根。

這讓谷芽忍不住提起了一絲警戒，她直接將手機的手電筒打開，往前方直直照去。

對方的輪廓逐漸清晰。

那人佇立在一棟空屋前，披著長到幾乎及地的獸皮大衣，將整個人包覆得看不清容貌和體型。他身上的大衣像是用多種不同的野獸皮毛縫接在一起，呈現出多種不同的顏色和質感。

對方看起來就和近日網路上造成恐慌的吸血鬼一樣。

谷芽和丁木香一瞧清那人的打扮，頓時卻是放下了一顆懸起的心。

「搞什麼啊……」谷芽關掉手電筒，「你是想嚇死誰啊？」

「就是啊！」丁木香也鼓起臉頰抱怨著，「我們差點被嚇死呢，以爲有變態出沒。」

那人還是安安靜靜的，沒有轉頭面向兩人，彷彿一尊不動的雕像。

「欸欸，幹嘛都不說話啊？你怎麼會跑來這裡啊？」丁木香上前一步，納悶地戳了戳對方肩頭，「理我們一下嘛。」

「把他那件醜兮兮的大衣扯下來啦。」谷芽是想到什麼就做什麼的人，不等丁木香動手，她自己一個箭步，打算扯下那件獸皮大衣。

沒想到就在這瞬間——

披著獸皮的人影倏地動了，速度快得讓兩人來不及看清楚。

谷芽甚至不知道接下來發生了什麼事。

她先是聽見丁木香短促的尖叫，然後便瞧見對方被摔至鐵捲門上，發出驚人的響動。

「木香！」谷芽不敢置信地尖叫，看著同學滑落下來，像個破布娃娃般躺在地上。

她腦袋一片混亂，不曉得現在到底是怎麼回事，只能依憑反射動作行事。可還沒等她跑到丁木香身邊，她就覺得有個溫熱的軀體貼近了她，同時頸間驟然傳來一陣尖銳刺痛。

有東西刺破她的皮膚，深深地沒入她的血肉裡。

有人從後方抓住她的肩膀，咬住了她的脖子。

「別、別開玩笑了！」谷芽憤怒地想要破口大罵，可擠出來的聲音卻莫名虛弱。她抬起手臂，試圖撞開後面那人，但對方卻紋風不動。她想要喊出那個熟悉不過的名字，斥責對方在發什麼瘋，爲什麼要攻擊她們。

然而就連對方姓氏都還沒滾出谷芽舌尖，她整個人就像被凍結住了。

她……她感覺到了，血液快速被吸走，從她體內不斷抽出。她還能聽見那顆伏在她頸間的腦袋發出的咕嘟吞嚥聲。

她在……她在被吸血啊！

恐懼的淚水從谷芽眼眶內溢出，滑落越發煞白的臉龐。

不可能的，世上怎麼可能會有吸血鬼？吸血鬼明明只是虛構出來的幻想生物而已啊！

她的瞳孔驚駭地收縮，眼珠子拚命轉動，想要看清對方的長相。她扭過了頭，映入她眼內的，赫然是大片華麗的金黃色髮絲。

谷芽顫顫地舉起手，企圖抓扯住對方的一綹金髮，然而襲來的暈眩和無力讓她連這個小動作都沒辦法做到。

下一剎那，谷芽發現箝制自己的力量消失了，可她也失去了站著的力氣，雙腿一軟，乏力地倒在路面上，視野內的一切都變得朦朦朧朧。

在意識被黑暗吞入之前，她只看到了那抹披著獸皮大衣的人影，走向正呻吟著想要爬起來的丁木香。

那雙雪白纖細的腳踝，在暗夜中就像會發光似的。

然後，是尖叫，更多淒厲的尖叫。

最後，所有聲音都消失了。

她像是被獨自扔在了這條陰暗的小巷裡。

□

週六，對現在的毛茅而言，不僅代表著不用上課的日子，也代表著……

「毛茅，今天帶我們一起去打工啦！」雪球鳥在客廳地板上撒潑打滾，「拜託，拜託啦！我和陛下可以成爲你那套萬聖節制服上最好的裝飾品，一黑一白多應景！拜拜拜拜拜……拜託啦！」

換作平常，黑琅早就忍受不了毛絨絨製造出的噪音污染，一爪子狠狠揮過去了。但此刻的大胖黑貓卻是出聲附和對方的意見，「這隻蠢鳥說的沒錯。毛茅，有什麼比朕跟他更適合當你身上的萬聖節裝飾嗎？」

「有啊，南瓜啊。」毛茅一句話就推翻了一貓一鳥的提議，「那才叫原汁原味的萬聖節裝飾呢。啊，不過我是沒打算把眞正的南瓜往我身上放的。」

「那朕可以把毛絨絨塗成橘的，叫他假裝南瓜！」黑琅貓掌霸氣一揮。

「好……咿咿，才不要啊！」毛絨絨慢一拍地驚呼，「我才不要塗成橘色的，爲什麼陛下不塗自己？陛下你難道是嫉妒我長得比你美，比你可愛嗎？」

「啊啊？聽你鬼扯。論起美貌，你甚至連朕的指甲都比不上。」黑琅吊高凶惡的金色眼睛，大有要撲下去，用體重壓扁毛絨絨的氣勢，「叫你塗就塗！」

「毛茅！」毛絨絨立刻哭哭啼啼地向這個家的一家之主尋求慰藉，卻沒想到一轉頭，毛茅已揹起包包，準備走到玄關穿鞋。「毛茅！」

見狀，毛絨絨也不在地板上打滾了，趕忙拍翅飛起。

黑琅跟著急吼吼地跳下沙發，說什麼都要讓鏟屎官帶他去打工地點。聽說工作職場容易發生霸凌，他要去好好盯梢，要是誰敢欺負他家鏟屎官，他就用爪子在對方臉上撓出大大的「蠢」字。

但一貓一鳥這回註定要失望了。

毛茅可不打算帶著寵物去打工。他從包包裡掏出一條繩子，露出可愛的笑臉，然後熟練又俐落地將黑琅與毛絨絨綑在一塊，成了一條形狀有點奇妙的火腿腸。

將「火腿腸」留在家裡，毛茅頂著大太陽前往打工地點，「糖與辣椒」餐館。

他本來以為今天跟他搭檔發傳單和氣球的，一樣會是上禮拜的谷芽，沒想到卻從店長那聽到了對方在醫院的消息。

「我也沒想到小芽會忽然住院呢。」店長憂慮地說，「聽說是昨晚在路邊昏倒，路過的民眾看見了，嚇得趕緊叫救護車。小芽的家人在電話裡是說沒什麼大礙，但為了保險起見，還是住院觀察一下。」

貧血？毛茅訝異地睜圓眼，腦海中想到的是谷芽之前給他看的咬痕。

難道說，是當時被吸血鬼咬的緣故嗎？可是也不對呀，這中間都隔那麼多天了……應該不會到現在才因為被吸血而貧血。

由於是假日，糖與辣椒的客人特別多，內外場都分不出人手，因此今天發傳單和氣球的工作就都落到毛茅一人頭上了。

好在今天的天氣比起上一回涼爽了些，起碼不用在大太陽底下站好幾個小時。

等到傳單和氣球通通發送完畢，毛茅抹去額頭上的汗水，吐出長長一口氣。

「辛苦了。」聽起來沒太多幹勁的男聲突然在毛茅身後響起。

毛茅回過頭，「項溪學長，你嚇了我一跳呢。」

「你臉上完全看不出來被嚇到的表情啊。或者說，這就是你嚇到的表情？」項溪將一瓶礦泉水遞過去，「拿去，大方的學長請你的。」

「唔，如果我沒記錯，這是店內的水吧？」毛茅嘴上吐槽，手上接過了那瓶還帶著沁涼水珠的水瓶，「不過還是謝啦。」

咕嚕咕嚕灌了幾大口水，毛茅這才留意到對方身上穿的不是制服，項溪不知什麼時候換回便服了。

「學長，你這是……要提早下班了嗎？」毛茅不確定地問。他沒記錯的話，項溪今天要一路忙到關店才對。

「對。」說話的人是神出鬼沒站在毛茅另一邊的項冬，他將手上的飲料遞給了毛茅，「拿去，這也是大方的學長請你的。」

「如果不是用店內的外帶杯，我會更相信『大方』這兩個字的，但還是謝學長了。」毛茅見項冬也是一身便服，「該不會項冬學長也要早退吧？」

「店長交代，早點去探個病，探完再回來繼續忙。」項冬提不起勁地回答，「幹嘛不直接放我假呢？」

「就算薪水照算，還是更想要放有薪假啊。」項溪蔫蔫地說。

「探病？學長們要去探誰的病？」毛茅疑惑地問。

「請假的谷芽。」項冬說。

「住院的谷芽。」項溪說。

「店長要我們當代表去看看她，慰問慰問她。」項冬說，「早知道猜拳就不出剪刀了。」

「也不出石頭了。」項溪說，「居然連平手也算輸。」

毛茅一聽就懂了，這是用猜拳來決定前往醫院探病的人員。而項冬和項溪不愧是兄弟，就連輸都是一起輸。

隨即一個主意在他心中成形，頓時讓他那雙金黃色的眸子在日光下更炫亮幾分。

項冬、項溪不約而同後退一步，「你想打什麼主意？」

「放心啦，學長，不是什麼壞主意。我是那種人嗎？」毛茅笑得天真無邪，他雙手合十，「只是想請學長你們等我一下，我去拿個東西，立刻就過來。」

「過來幹嘛？」項冬狐疑地問。

「嘿嘿，過來跟你們一起去探病呀，我也想去看看谷芽學姊。」毛茅真誠地說。

項冬、項溪對視一眼，兩人都不相信毛茅只是單純想去看人，尤其谷芽和毛茅頂多才相處過一天……但他們又霍然想到時衛在群組裡發的訊息。

有餘力就多留意一下吸血鬼相關的事物。

而谷芽，就是曾碰上吸血鬼的受害者。

項冬、項溪對吸血鬼沒興趣，老實說也不太想爲此分出心神。不過帶上對吸血鬼好奇滿滿的小學弟去一趟醫院，還是能做得到的。

「嗯。」項冬應允。

毛茅露出大大的笑容，馬上衝回店裡，不消幾分鐘，那抹矮小身子又疾如風地衝出來。

三人結伴前往離餐廳不算太遠的市立醫院。

店長之前已先向谷芽的家人確認過她的病房號碼，所以他們不用再到櫃台詢問，直接按著路線指示來到了六樓。

「六〇三、六〇三……」毛茅看著號碼一路尋找，找到了谷芽住的那間病房。

病房的門是半掩著的，裡頭有人在說話，音量不是特別大，但對於耳力佳的毛茅等人卻已非常清晰。

他們認出那是谷芽的聲音。

谷芽說，「妳不知道……妳根本什麼也不知道……」

下一刻，谷芽歇斯底里地大叫出聲。

「那是眞的吸血鬼啊！吸我血的是一個金髮吸血鬼啊！」

第六章

梁青黛看著病床上陷入激動情緒的學妹，眉頭微皺，像是忍耐地長嘆一口氣。

「冷靜點，小芽，就算這裡沒有其他人，妳也不須要這麼激動。妳別那麼大聲，外面說不定會有人經過。」

「社長，妳不相信我說的是不是？」谷芽攢緊手指，臉色看起來蒼白，一雙眼睛卻是亮得有些嚇人，頸側貼著一塊雪白的紗布，將傷口藏在底下，「我眞的碰上了……」

「別傻了，世上怎麼可能會有吸血鬼，那不過是幻想中的生物而已。」看了看旁邊空著的病床，梁青黛最後還是拉了張塑膠椅坐下，儘可能好聲好氣地安撫對方。心裡卻開始後悔，也許自己今天不該來探望的，省得還要面對谷芽失控的情緒。

「不，有的……有的！」谷芽啞聲地說，忽然粗魯地想將脖子上的那塊紗布撕扯下來。

「小芽！」梁青黛大吃一驚，連忙上前按住谷芽的手。

「我要給社長妳看傷口，就是吸血鬼咬我的傷口。」谷芽試著想把梁青黛的手指扳開，她的力道大得嚇人，梁青黛都感覺隱隱作疼了。

「妳動作別那麼大……」最後無奈之餘，梁青黛只得順從谷芽的意，「我幫妳撕吧……啊啊，阿姨晚點回來一定會生氣的。」

谷芽的媽媽下午臨時有事要去辦，剛好梁青黛過來，於是就拜託對方多陪陪谷芽。

「我會跟我媽說是我自己扯下來的。」谷芽說。

將透氣膠帶撕下，梁青黛把覆著傷口的紗布取下來。可以看見被上了藥膏的兩個淺淺傷口，像是被某種銳物戳刺一下，扎出了小洞。

即使是讓梁青黛來看，她也能看出來，這麼淺的傷口，根本不可能有辦法吸出血液的。

那頂多只是皮外傷罷了。

「社長，妳看見了吧？我眞的被咬了。」谷芽還是如此堅持著。

「小芽。」梁青黛坐回椅子上，又想嘆氣了。她從包包裡拿出一面手鏡，遞給病床上的谷芽，「妳自己看清楚。假設眞像妳說的，妳被吸血了，憑這種深度的傷口，妳覺得有可能嗎？」

谷芽握緊鏡子的手把，透過鏡面她可以瞧見那兩個小傷口。她抿了抿唇，知道梁青黛說的一點也沒錯。

那一點也不像是被尖牙狠狠戳進去。

就好像，昨晚她被咬的事……彷如只是一場夢境。

不可能，那絕對不是夢。

谷芽記得清清楚楚的，自己被可怕的力量箝制住，動彈不得，頸側的皮膚被扎破，然後利齒深深地埋入底下。她只能被迫聽著吸血鬼嚥下鮮血的咕嚕咕嚕聲，感受著自己的血液不斷地流失……

等到她醒來，發現自己人已經在醫院裡，身邊是面露焦急的家人。

她這才知道，原來有路人發現她昏倒在路邊，趕緊叫了救護車。經過檢查，確認她是因貧血而失去意識。

沒有人相信她是被吸血鬼咬，只認爲她是遇到變態襲擊，幸好沒有大礙。

就連她的媽媽也擔心地問道：「小芽，妳是不是最近壓力太大了？妳好好休息，不要太逼自己啊。」

谷芽不敢再向家人或醫生說起吸血鬼的事，她怕他們會把她當成精神不正常。可是當梁青黛來探望她的時候，她再也忍不住，將憋在心裡的話全傾倒了出來。

但是，梁青黛也不相信。

可現在，看著自己脖子上的傷口，谷芽突然間也有絲不確定了。

難道說，眞的是自己的幻覺嗎？她其實是碰上變態襲擊，驚嚇過度而暈倒……

谷芽趕緊搖了搖頭，把心中的那抹猶豫甩掉。

「社長，眞的有吸血鬼存在的……否則打工板上怎麼會有那麼多人說她們也被咬，或是看見了吸血鬼？那些人、那些人……」谷芽艱困地擠出剩餘的話聲，「根本就不是我們社團的人啊。我們明明就只有假裝受害者，在上面留兩次言而已。」

「那還用說嗎，當然是想刷存在感。」梁青黛不以爲然地說，「那些人肯定是覺得能夠受到注意，才假裝自己也碰上吸血鬼。拜託，我們都知道，吸血鬼是我們捏造出來的，才沒有那種東西呢。」

看著谷芽似乎有絲動搖，梁青黛加把勁地說道：「妳昨天只是碰到了模仿犯吧？故意學電影裡吸血鬼，想咬女孩子的脖子，總之就是個變態啦。而且妳這幾天不是生理期嗎，估計是因爲這樣才貧血的。」

梁青黛說的有理有據，讓谷芽一時找不出話反駁。

可沒一會，她又猛地抬起頭。

「還有木香！我昏倒前有聽到木香在尖叫，她一定是被吸血鬼抓走了！社長，木香她人是不是不見了？」

「妳喔，也太晚想到木香了吧？」梁青黛搖搖頭，「木香人沒事，她還有傳LINE給我，說希望我能代替她向妳道歉。她昨晚不是故意先跑走的，她眞的被嚇到了，才會把妳丟下……她實在沒臉來見妳。」

「木香傳LINE給妳？所以她沒事？」谷芽吃驚地瞪圓了眼，「她沒有被抓走嗎？」

「喂喂。」要不是顧慮到谷芽還算是病人，梁青黛眞的很想用力戳戳這名學妹的腦袋瓜，「妳是多希望木香出事啊？」

「沒有，我沒有。」谷芽忙不迭地否認。

爲免谷芽再胡思亂想下去，梁青黛乾脆掏出手機，將丁木香傳訊的頁面展示給對方看。谷芽怔怔地看著手機螢幕，確實是丁木香發來了訊息，文字裡透露著滿滿的愧疚之意。

谷芽紅了眼眶，「木香沒事眞的是太好了……」

「所以就別再說有吸血鬼了。」梁青黛站起身，摸摸谷芽的頭，「那只是假的，是我們大家一起捏造出來的假怪物而已。」

「不如跟我們說清楚，假怪物是怎麼一回事？我們很有興趣知道。」

冷淡的男聲猛地在病房內響起，讓無防備的兩名少女結結實實地嚇了一跳。

她們驚慌地轉過頭，看向聲音來源處。

不知道什麼時候，病房內多出了三個人。

三個人都是紫髮，乍看之下會以爲三人之間可能有親屬關係。

可再定睛一看，就會發現其中兩名綁著公主頭的少年擁有如出一轍的俊朗五官，就連眼眸都是相同的深紫。唯一的差異，只在於一人額前劉海是挑染成幾綹白色，一人則是挑染成黑色。

至於個子最矮小的紫髮男孩，則與前兩人一點也不像，他有著稚氣可愛的臉蛋，一雙圓滾的大眼睛是金黃色澤。

「毛茅？」

「項冬、項溪？」

梁青黛與谷芽錯愕地喊出了三人的名字。

緊接著梁青黛意識到她們先前說的話可能都被聽見了，頓時神情驟變。她嚴厲地指責道：「你們怎麼可以在外面偷聽，還擅自闖進來？連點基本禮貌都不知道嗎？」

「沒辦法，我好奇啊。」項冬一攤雙手。

「好奇新聞社捏造假新聞。」項溪沒有起伏的語氣卻散發出一股嘲諷。

梁青黛與谷芽像被人當面搧了一掌，臉色都變得不太好看。

谷芽是覺得臉頰又熱又燙，她垂下眼，一時竟不敢直視毛茅他們。

「胡說什麼！」梁青黛沉下臉，語氣強勢，「誰捏造假新聞了？」

「吸血鬼的謠言，都是你們社團放出來的對吧？」項冬霍地冷了表情，「就是因爲吸血鬼的事在打工板上鬧得沸沸揚揚，才害得我們工作量增加。」

「店長怕女孩子晚上回去危險，就要我們這些男性員工多負責夜班。」項溪陰森森地瞇細眼，「夜班麻煩，事又多。」

「那又怎樣？那關我們社團什麼事？」梁青黛拎起包包，大步走至項冬等人面前，咄咄逼人地說道：「你們自己也說了，是打工板上鬧得沸沸揚揚。有辦法你們去跟打工板的板主抗議啊，叫他整治一下板上的風氣，不要讓那些人虛構自己碰上吸血鬼的事。」

「可是學姊……」毛茅出聲，「妳剛剛的確是說了，吸血鬼是你們捏造出來的。換句話說，新聞社社板上那些吸血鬼相關的事，包括谷芽學姊上禮拜說自己被咬，都是你們在自導自演。就連照片裡的背影，恐怕也是你們社團的人自己上陣的吧？」

那次梁青黛說自己是最先看見吸血鬼的人，看樣子也是她隨口捏造的。

「我聽不懂你在說什麼，這些全是你自己的猜測。」梁青黛強硬否認，「夠了，這裡不歡迎你們，你們出去。」

「真有趣，妳是這間病房的主人？」項冬嘴角不帶笑意地微翹起來。

「躺病床的是妳？」項溪一手搭著項冬的肩，紫眼像不帶人氣。

梁青黛忍不住打了一個寒顫，明明面前的兩人是比她還小的學弟，可她幾乎要繃不住氣勢了。

「你們……」她一咬牙，扭頭向谷芽喊道：「小芽，他們是不請自來的不速之客，把他們趕出去！」

「社、社長……」谷芽有如受到驚嚇的小動物般在病床上震動了下。

「小芽！」梁青黛又催促一聲。

谷芽腦中呈現一片混亂，最後下意識地依照了梁青黛的交代，用有些虛弱的嗓音表示自己要休息了，給前來探病的三個男孩子一個軟釘子碰，讓他們不得不離開病房。

雖然知道谷芽說要休息，只是用來讓毛茅等人離開的藉口，但梁青黛也決定不再留下來打擾對方，讓她能有一個安靜的空間。

凌厲地瞪了項冬、項溪還有毛茅一眼，梁青黛冷哼一聲，這才拎著包包大步離去。

被瞪的項冬和項溪只覺莫名其妙。

「她還好意思瞪人。」項冬平板的語氣讓人聯想不到抱怨。

「她就是好意思瞪人。」項溪的語氣同樣平直，「都是社長，我忽然覺得時衛比她強一點了。」

「嗯。」項冬同意，「雖然時衛跟隻騷包的孔雀差不多，每次看到都覺得刺目。」

「加一。」項溪附議雙胞胎兄弟的意見，他伸了伸懶腰，「這樣也算探完病了，走吧。」

「太快回店裡，會讓店長以爲我們偷懶沒去。」

「那就先到別的地方晃。」

「去便利商店吹冷氣，咖啡你出錢。」

「你出錢。」

達不成共識的兩兄弟僵持了好一會，最後決定各付各的，隨後有志一同地轉向了毛茅。

「小朋友，你呢？」

「我只小學長們一歲，不能算小朋友。」毛茅糾正他們的說法，「我啊，想先去上個廁所，然後就回家了，家裡還有寵物要我照顧呢。」

「喔，那隻貓。」項冬說。

「喔，那隻鳥。」項溪說。

既然毛茅都說要去上廁所了，項冬、項溪也沒興趣特地留下來等他。先行離去的兩人不會知道，毛茅並沒有去洗手間，而是轉身又回到了谷芽的病房。

嘴上說要休息，但根本睡不著的谷芽正坐在病床上傳訊息，想詢問丁木香昨天是怎麼逃跑的。她昏迷前分明看到那吸血鬼走向了對方，也聽見了尖叫聲。

只是丁木香此時顯然不在線上，看著久久未出現已讀的字樣，谷芽鬱悶地刷起手機，壓根沒注意到門口又站了個人。

毛茅屈指敲了敲門板。

谷芽反射性看過去，臉上頓時露出又驚又愕的表情。

「哈囉，學姊，不好意思打擾妳了。」毛茅揚起無害的笑容，「我可以跟妳討論一下吸血鬼的事嗎？」

看見對方第一時間露出了防備，身子繃緊，似乎開口就想叫他出去，毛茅搶先一步又說：「我指的是，眞的吸血鬼。」

谷芽臉上的警戒化成了怔然，似乎沒有預料到這個一年級學弟爲了這事回來找她。

毛茅自動將谷芽的反應當成了應允，他走近對方病床，拉了旁邊的一張塑膠椅子坐下。

「谷芽學姊，我也覺得榴岩市眞的有吸血鬼。」毛茅將雙手放在膝蓋上，身子微微向前傾，一雙金黃色的眼睛直率地注視著對方，「妳可以告訴我，昨天的事發經過嗎？」

也許是那雙眼睛容易讓人不自覺放下戒心，也許是至今終於有人願意相信自己的說詞，谷芽沉默了好一會後，才慢慢地述說起昨晚的來龍去脈。

她和另一名朋友想節省時間，選擇了沒什麼人跡的小路，卻在路上看見披著獸皮大衣的人影。

她們原本以爲對方是新聞社的社員，故意穿著那件大衣要來嚇她們。

卻沒想到在她們試圖揭下那件大衣的剎那間，那人消失了。下一秒，她就看見自己朋友被扔了出去，重重地撞上一間空屋的鐵捲門。

那絕對不是人類輕易就能辦到的事。

隨後那人從後方制住了她，令她無法動彈，冰涼的嘴唇貼上她的脖子。接著利牙毫不留情地刺穿肌膚，她還能清晰地感受到血液流失，以及對方急促吞嚥鮮血的聲音。

最後她墜入黑暗，徹底不醒人事。

再醒來便已身在醫院。

「接下來，就是你們聽到的那些了……」谷芽低聲喃喃，「應該要致力追求事情眞實性的新聞社，居然自己捏造假新聞。」

谷芽抬起低垂的頭，嘲弄地扯了扯嘴角，也不知道是在笑整件事的荒謬，抑或是笑幫忙推波助瀾的自己。

反正事情都被戳穿，谷芽乾脆破罐子破摔，一股腦地把最初吸血鬼事件的眞相全傾倒了出來。

原來起因源於新聞社對除魔社的嫉妒。

在除污社還未成爲除魔社的時候，它還只是一個低調不起眼的社團。可是隨著時衛接任社長，除魔社登時進入了全校學生的目光中。

它高調，資源豐富，還一口氣佔去了社團大樓五樓整層，甚至能無視規定地安裝了需要感應卡才能開啓的大門。

即便沒人知道除魔社的活動內容是什麼，但不妨礙眾人對那一票高顏値社員們津津樂道。除魔社一下子便搶去校內所有社團的風頭。

尤其是原本一直備受注目的新聞社。

從梁青黛眼中看來，這分明就是時衛濫用特權，才有辦法讓除魔社得到那麼多的經費和資源。

除魔社擁有的一切，早就超出一般社團該有的。

新聞社深感不平，於是幹部們決定聯手製造出一則假新聞，讓他們社團能夠重拾風光，讓所有人的視線再一次集中到他們身上。

於是就有了吸血鬼的出現。

吸血鬼是由他們的男社員負責假扮，他們找來了幾件價格低廉的仿皮草大衣，重新剪裁縫補，使之可以包裹住那名男社員全身，讓他在深夜裡看起來格外嚇人。

再由谷芽和他演一場戲。

谷芽還特意請自己的同學在晚間打電話給她，其實就是爲了要讓對方聽見自己的尖叫，增加她被攻擊這件事的眞實性。

但實際上，她被襲擊是假的，被咬也是假的，那只不過是她豁出去，在自己脖子上製造出傷口罷了。

至於當時那位男社員手上的火，也不過是利用科學原理弄出來的。

梁青黛認爲，那能讓當下的氣氛更緊張，讓谷芽的反應更逼眞。

新聞社還披了幾個馬甲，在他們自己的社板及打工板發帖留言，假裝自己也是遇上吸血鬼的受害者或目擊者，好讓整件事充滿可信度。

「但是……」谷芽蒼白著臉，嘶啞地說，「越來越多人說她們看到了，她們被咬了，她們出現貧血的症狀，那些人都不是我們社團的人……我和社長一樣，原本都以爲她們只是想刷存在感，畢竟這世上怎麼可能會有吸血鬼呢？」

直到她親眼目睹。

直到她自己眞正地遭受到攻擊。

「吸血鬼的事流傳得比我們預期的還要廣……」谷芽的聲音越來越低，低到像是要飄散於空氣中，「原來打從一開始，就不是我們的新聞捏造得太成功，而是眞的有吸血鬼。」

偏偏社團裡的其他人都不知道，還爲此沾沾自喜。

毛茅沒有出聲打破病房內突然陷入的靜默，他在腦中快速整理著所得到的情報。

綜合谷芽所說，高甜那一晚所碰上的，很明顯就是由新聞社的人假扮而成的假吸血鬼。雖然不曉得對方挑上高甜當目標的原因，不過後果也夠對方承受了。

爲了確認自己的猜想無誤，毛茅決定晚點傳訊給林靜靜，請她幫忙留意他們社團是否有哪一位學長近日像受過傷。

高甜那一記過肩摔，威力絕對不容小覷。

最後，毛茅還有一個問題想弄清楚，他鄭重地問：

「學姊，妳知道攻擊妳的人，是男是女嗎？」

即使離開了醫院，谷芽的話語似乎仍徘徊在毛茅耳邊，久久未散。

「我沒看見吸血鬼的臉……」金髮女孩在提及傷害自己的存在時，仍無可避免地流露了一絲懼意，「但她的體型、腳踝，還有那一頭金色的長髮，怎麼看都像是女的。」

女性的吸血鬼啊……

毛茅無意識地屈指抵著嘴唇，想著時衛曾提過，谷芽的體內並沒有契魂。

照以往的經驗來看，魔女只會對有契魂的人類下手，無論是小紅帽、長髮公主、人魚、紅舞鞋，以及睡美人，皆是如此。

沒有契魂的人類，對她們而言恐怕連食物都稱不上。

但不知爲何，毛茅就是特別在意。

他想到了那些魔女們說過的話，她們吃契魂，也吃血肉。她們渴望將獵物吃得丁點也不剩，最好包括腦髓都吃得乾乾淨淨。

蘇枋被吃掉了手臂，海燕被吃掉了舌頭，安石榴被吃掉了十指。

那麼，會不會有那麼一個可能性，有的魔女就是對血液特別偏愛呢？偏愛到她不在乎自己咬食的對象究竟有沒有契魂？

毛茅決定不能只有他一個人煩惱。

要解決煩惱的最好辦法，就是將它丟給另一個人，讓別人負責去煩惱。

沒錯，就是這樣呢！

爽快地打定主意，毛茅立刻摸出了手機，點開通訊錄，對著上面的「社長」兩字大力地戳按下去。

手機另一端很快就被接通了，屬於時衛慵懶華麗的聲音逸了出來。

「小不點，幹嘛？」

「社長，其實是這樣的……」毛茅三言兩語地將谷芽被襲擊的事交代完畢。至於新聞社捏造假新聞的部分，他覺得可以晚點再向時衛報備，「你覺得怎麼看？」

「我覺得，你是不是想把問題丟給我來傷腦筋？」時衛敏銳地問道。

「哎，有問題，當然是要上面的人負責去煩惱嘛。」毛茅完全沒有遮掩的意思，直言不諱地說。

時衛似乎也被他這份率直給噎到了，沉默了好幾秒。

「別想丟了問題，就拍拍屁股一走了之。」時衛冷哼一聲，「你現在人在哪邊？」

毛茅抬頭東張西望一下，發現了不遠處馬路上的路牌。

聽見毛茅報上的路名，時衛又說道：「給你半小時的時間，過來我家。」

「咦咦咦？」

「怎麼，太高興了？」

「社長你是不是擅長曲解別人的意思？我這是在哀嘆著爲什麼我得去男人住的地方啊？」

「我懂了，你果然是太高興了。」時衛斬釘截鐵地說，不給毛茅任何申辯的機會，報上自家地址後，獨斷地掛了電話。

毛茅看著手機，吐出一口氣。

不愧是心智三歲的社長，眞夠幼稚的，木學姊眞是說得一點也沒錯呢。

□

按照時衛給予的地址，毛茅搭上了公車，來到一處住宅區外。

這裡清一色都是擁有寬廣庭院的別墅，除此之外，建築物的外觀看起來倒是中規中矩，不顯得華麗，也不顯得莊重大氣。

要毛茅來評論的話，就是普通吧。

這和他想像中的豪宅區完全不同，他本來以為時衛住的地方鐵定是奢華地段，沒想到意外簡樸。

找到了時家的門牌號碼，毛茅按上門鈴，一道輕靈婉轉的少女嗓音從對講機傳了出來。

「喂？請問找誰？」

毛茅記得這聲音，「社長的妹妹？」

習慣性喊出了這個稱呼，他才倏地反應過來，這樣有點不禮貌。正打算歉意地再補上對方的名字，那道女聲率先吃驚地嚷了起來。

「您是……毛茅？我這就為您開門，請等我一下！」

毛茅含在舌尖上的「時玥雪」三個字都來不及說出，就聽見庭院大門發出「喀」的一聲，自動解鎖打開了。

毛茅推開青銅色的門扇，走進了栽植大量花樹的庭院中。不遠處的住屋大門很快就從內被人開啓，一道曼妙人影急匆匆地跑了出來。

那是一名有著華麗白金色長髮的少女，五官出眾，皮膚白得像光滑的上等瓷器，桃紅色的眸子宛如晶耀的寶石。

可比起她美麗的外貌，她空蕩的左邊袖管才眞正地教人注目。倘若有人見了，肯定會爲這份缺陷而大感惋惜。

「您好，毛茅。」時玥雪揚起優雅的微笑，瞧見紫髮男孩並未對她的左手處露出驚詫的表情，那抹笑意越發眞誠，「歡迎您來我們家，您是來找哥哥的嗎？他在客廳裡，進門後在沙發上看見的那團抱著手機的沒用廢物就是了呢。」

毛茅有點好奇時衛聽見自己被妹妹評爲「廢物」時的表情。

他跟著時玥雪往屋內走，然後發自肺腑地露出了震驚的表情。

居然，連屋子裡的裝潢也是那麼普通……

和他想像中的富麗堂皇全然沾不上邊。他還以爲像社長那麼騷包的人，就算住的地方屋外低調，屋內也一定是豪宅的配備啊。

這一點也不社長。

還是說他其實穿越到平行世界了？這個世界的社長樸實溫柔，還會對其他人都很親切？

「雖然不知道你在想什麼，但肯定是失禮的事，小不點。把你那腦袋瓜裡沒營養的東西都收起來。」像沒骨頭般癱在沙發上的金髮青年說。

「最沒營養的不是哥哥您腦中的東西，和您手上玩的遊戲嗎？」時玥雪柔柔地說，「還有，既然見到客人來了，就拿出一點應有的坐相好嗎？」

「沒關係的。」毛茅擺著手，「社長這樣子在社辦都看習慣了。」

「哥哥，您在家裡是這德性也就算了。身爲一社之長，竟然連在社團裡也是這種扶不上檯面的模樣嗎？」時玥雪的眉毛挑揚得像要飛起來。

「小雪妳眞的越來越囉嗦了，果然不該讓妳去蜚葉的。」時衛慢吞吞地坐直身子，「看看妳，去了蜚葉都變成什麼樣了？如果妳來我們榴華，在我的帶領下，絕對能勝過現在千百倍。」

「我相信我對哥哥的殺意，會勝過現在千百倍呢。」時玥雪笑咪咪地說。

毛茅現在就能感受到時玥雪釋放出的殺氣，他從包包裡拆了一包洋芋片吃，興致勃勃地看著面前的兄妹鬩牆戲碼。

「別在人家兄妹吵架的時候，在那邊卡嚓卡嚓地吃洋芋片好嗎？」時衛扔了一記白眼過去。

「別理會我這沒用的哥哥。毛茅，您要喝什麼飲料嗎？」時玥雪說，「冰箱裡有紅茶、綠茶、烏龍茶，都是無糖的。」

「不用麻煩了，我喝開水就可以，謝謝妳了。」毛茅露出笑容。

「我明白了，那我就去泡一壺龍井好了，正好前陣子有人送了冠軍茶葉呢。」時玥雪步伐輕盈，有如粉蝶般翩翩離去。

「社長，我剛說的……應該是不用麻煩吧？」毛茅差點要懷疑自己剛才是不是口誤了。

「她喜歡麻煩，就讓她麻煩吧。」時衛毫不在意地說。他暫時退出了遊戲畫面，將手機往旁一擱，「你就負責把茶喝掉就行了。先來說說吸血鬼的事吧，你覺得那可能是魔女？」

「我只是在想有沒有這個可能性，我還是不覺得眞的有吸血鬼。」毛茅老實地說，「但從谷芽學姊的遭遇和打工板上最新的那帖貼文來看，攻擊她們的人，實在不像是一般人類。」

不管是徒手將女孩子丟出去，或是讓監視器錄到的畫面看不出異樣，這都不是人類可以做到的事。

自然而然地，毛茅便聯想到魔女身上。

根據澤蘭他們所說，從不可碰之書內逃脫的人形污穢，至今還有兩名行蹤不明。

可惜的是，從書裡的凹洞輪廓來看，難以看出她們的特徵。不若當初的人魚，連體及魚尾巴都是極好辨認的要素。

說不定，那個披著獸皮的吸血鬼，就是他們在追捕的魔女也不一定？

「我記得我跟你說過了，谷芽沒有契魂。」時衛說。

「對，我記得。」毛茅提出了他的看法，「也許會有魔女想改變口味，連沒契魂人類的血肉都吃？」

「那口味也太偏了。」時衛咂了下舌，一副不敢苟同的樣子。

「什麼東西的口味太偏了，哥哥您的挑食嗎？」時玥雪端著沖泡好的茶水過來，淡淡的茶香跟著在客廳裡飄散。

「我沒有挑食。」時衛不以爲然地說，「我只是不喜歡吃那些不好吃的東西。」

「呵呵。」時玥雪給了自家兄長一枚優雅的白眼，轉頭不理會他，將淺碧色的熱茶遞給了毛茅，「對了，您要吃餅乾嗎？」

也不等毛茅回答，時玥雪又匆匆跑走了。

「呃，我覺得我吃我的洋芋片就夠了說。」毛茅將背包口敞開給時衛看。

「你是怕餓死嗎？」時衛蹙著眉頭，看著那起碼四、五包的洋芋片。

這當下，時玥雪抱著好幾包餅乾跑回來了。她就像拚命想將好東西都展現給人的小孩一樣，一雙眼睛還亮晶晶的。

「啊，還有水果，您要吃水果嗎？正好媽媽昨天買了無籽葡萄。」

「謝謝妳，但眞的不用了。」毛茅不認爲自己吃得下那麼多。要是高甜有過來，全部吃光倒肯定是沒問題的。

時玥雪似乎沒聽進毛茅的拒絕，正當她把餅乾放下，轉頭又要往裡面跑之際，時衛忍無可忍地喊住了她。

「小雪，妳直接坐下吧，不要再走來走去了，看得我頭都暈了。」時衛揉按著太陽穴，「就算小不點確實是矮，妳也用不著像餵豬一樣。」

「您在說什麼蠢話？」時玥雪堂而皇之地坐在了毛茅隔壁，對時衛的言論嗤之以鼻，「就算是餵豬，那毛茅一定是最可愛的那隻小豬了。」

就算被誇可愛，但毛茅完全沒有感到開心。

「咳。」為了不讓這對兄妹在討論正事上越走越遠，毛茅主動出聲，將話題拉了回來，「社長，你覺得那個獸皮小姐，還是說要維持原來的稱呼，喊她吸血鬼小姐？」

「隨便你愛怎麼喊。」時衛沒意見。

「吸血鬼？難道是說那個披著獸皮大衣的吸血鬼嗎？」時玥雪微訝地問道。

換時衛看向了她，「妳也知道？」

不能怪時衛會有此疑問。早先他對吸血鬼的事不甚在意，回家也不會特意向家人提起。而時玥雪素來對網路論壇沒有興趣，更別說是看打工板上的文章了。

「社團和班上都有人在討論。」時玥雪自然猜得到自己的兄長在想什麼，「我又不是真的不知世事，不過大家的看法都偏向那些只是網路謠言而已。」

頓了一頓，時玥雪驀地意會過來毛茅和時衛會討論到吸血鬼的最大原因，很可能就是……

「你們認為那個吸血鬼，是真的存在？那些不是網路謠言？」

「原本是，後來不是。」毛茅說。

時玥雪迅速掌握住關鍵，「剛開始的確有人故意放出謠言，但後來謠言成眞了，是嗎？」

「差不多是這個意思呢。」毛茅點頭。

時衛知道的比時玥雪多，一聽毛茅這麼說，頓時明白了吸血鬼事件的來龍去脈。

新聞社不知因何緣故謊稱有吸血鬼出現，那些號稱是證據的照片，以及他們社員的遇襲發言，只不過是他們的自導自演。

「呵，蠢到都不忍直視了。」時衛冷笑，「梁青黛他們估計還認爲，他們以外的那些碰上吸血鬼的說詞，也跟他們同樣是虛構出來的吧。他們作夢也不會想到，有另一個披著獸皮大衣的傢伙。」

「社長英明。」毛茅鼓掌，時衛說的差不多就是眞相了。

「別管新聞社他們了，澤老師知道後會去處理的。」時衛才不想分出多餘心神在不相干的人事物上，新聞社的懲處自然有澤蘭負責，「先和打工板那些碰上吸血鬼的人聯繫看看。」

「萬一對方不給回應呢？」毛茅發問。

「查他們的ＩＰ，找出他們的位置。」時衛輕描淡寫地說，「能用錢和勢力解決的問題，都不算是問題。」

「需要我幫忙聯繫那些人嗎？」時玥雪問道。

時衛直接潑了一盆冷水，「等妳知道怎麼上論壇再說吧。」

「我也是可以做到的，哥哥您可別小看我。」時玥雪挺起身子，內心下定決心，要用最短的時間熟悉那些她平時毫無興趣的各種社群網站和其他通訊軟體。

「我忽然又想到一個問題。」毛茅天外飛來一筆，「假如那位吸血鬼眞的是魔女，要給她什麼代號呀？到目前爲止，我們都是用童話故事的角色來稱呼她們的。」

小紅帽、長髮公主、人魚、紅舞鞋，還有睡美人。

「不過有哪個童話角色的特徵是跟獸皮有關的嗎？」毛茅想不出來。

時衛也沒概念。

反而是時玥雪理所當然地說道：「怎麼會沒有呢，您們不曉得『千種皮』這個故事嗎？千種皮她就是披著一件用各種獸皮拼湊出來的大衣呢。」

時衛與毛茅對視一眼，兩人快速地拿起手機，查尋起千種皮的故事內容。

這一查，兩人不禁啞然。

千種皮原來是一位公主，在母親死後，父親要強娶她爲妻。她向自己的父王提出了條件，要他請人縫製出三件宛如星星、月亮、太陽的禮服，以及一件獸皮大衣。在得到這些東西後，她立刻披著獸皮大衣逃離王國，並將三件禮服收藏進核桃裡。最後歷經其他波折，與另一個國家的國王幸福快樂地在一起。

毛茅和時衛絲毫不在意這個故事的結局走向，他們的注意力都被裡面的其中一個字眼給攫住了。

核桃。

黑梟曾經說過：

注意核桃。

第七章

星期一中午，新聞社召開了幹部會議，除了總務丁木香外，所有人都出席了。

但與平時的輕鬆截然不同，此刻瀰漫在社辦裡的氣氛格外古怪。二、三年級的成員們表情各異，可都是欲言又止地看向了坐在主位的梁青黛。

一切的起因，都是源自於對方週日突然傳給他們的訊息。

新聞社社長單方面地宣告，有關吸血鬼的報導至此中止，不須再讓這個話題繼續被炒熱下去了。

諸位幹部中，或許只有谷芽知道是怎麼一回事。

其他人都還不曉得他們自導自演的事，無意間已在除魔社面前曝光了。

從網路和學校的反應來看，谷芽猜想毛茅他們並沒有把眞相透露出去。無論他們是因爲怎樣的原因，她都由衷地鬆了一口氣。

谷芽著實難以想像，假如被大家得知新聞社自己居然帶頭捏造假新聞，還在網路上引起騷動，他們會被怎樣看待。

相信梁青黛也是擔心這一點，才打算快刀斬亂麻地讓吸血鬼事件停止延燒。

人們總是相當健忘，時間一久，自然就會忘記當初是榴華新聞社引起這個話題的。

保險起見，梁青黛還要幹部們上去打工板，刪除他們先前披馬甲所留的言論，新聞社社板這邊同樣也會將部分留言刪掉。

然後她會再發一篇文，宣稱吸血鬼原來只是一個變態，他們社團裡有人目睹了對方的眞面目，還被攻擊了。

谷芽就是很好的受害者代表，她的確被人發現昏倒在路邊，還被送到醫院。包括她的家人和醫生在內，他們都相信她是碰上了變態。

總之，就是先想辦法把新聞社從事件中摘出去。

「可是我不懂……」聽完了梁青黛的交代，副社長一頭霧水地舉起手，「爲什麼突然要停下來？網路上越來越多人相信吸血鬼的存在，我們社板的點閱率也翻上了好幾倍……明明只要再持續下去，大家都會更加關注我們社團的一舉一動的。」

副社的疑問，也是另外幾名幹部們的共同心聲。

「青黛，到底是發生什麼事了？」與梁青黛感情最好的文書問道：「妳要我們做那些事，但也要告訴我們原因嘛。」

「就是說啊，尤其我都那麼犧牲了。」公關的語氣滿是哀怨。在整個計畫中，他是負責假裝吸血鬼的那個，耗費的勞動力也比其他人高上許多。

梁青黛一聽見公關的抱怨，登時一記凌厲的目光瞪去，像是在斥罵著對方還好意思說。公關自知理虧，忍不住摸摸鼻子，心虛地垂下了視線。

前幾天他故意想嚇嚇除魔社的那位大小姐，誰知道對方擁有超乎常人的好身手，一個過肩摔把他摔得一口氣差點緩不過來。回家後還發現背部瘀青好大一片，一扯到就痛得他想齜牙咧嘴。

但這還不是最嚴重的問題。

他那件獸皮大衣被高甜拿走了，至今下落不明。

這事他只敢跟梁青黛說，當然也免不了被罵得狗血淋頭，梁青黛到現在都還存著火氣。

梁青黛確實是一看到他們的公關就會想起獸皮大衣弄丟的事，不過眼下她倒是慶幸大衣被高甜拿走了，起碼省得他們還要另花心力處理掉。

「總之，就照我的話去做。」梁青黛態度強硬地說。她在社團裡本就相當有威嚴，幹部們皆以她的命令爲是。

見她表情嚴厲，語氣裡沒有一絲轉圜餘地，幾個人還是紛紛應下，相當有效率地拿出手機，各自刪除留言。

「對了，木香她眞的蹺家了嗎？」忽然間，有人冒出這麼一個問題。

「谷芽，妳知道她爲什麼蹺家嗎？她今天是不是連課都沒來上？」副社問向與丁木香交情好的谷芽。

「我不知道。」谷芽煩躁地抓抓頭髮，也不在乎把那頭滑順漂亮的金髮給抓亂了。

自從她在醫院醒來後，就沒看過丁木香了，好在發過去的訊息還有回應。雖然通篇都是道歉，說自己不該丟下她逃走，但一看到那個人走過來，還是嚇得忍不住逃了。

可沒想到，就在週六晚上，她接到丁木香母親十萬火急的電話，問自家女兒有沒有跑去找她。

谷芽當下怔住了。這才知道對方週五晚上後就沒回家了，只跟家裡人說她想一個人獨處，過幾天就會回去，不用爲她擔心。

一天過去了，兩天過去了，三天過去了。

丁木香目前爲止已經整整離家出走四天，就連學校都沒去。雖然有傳訊報平安，可依舊把她的父母急死了，決意報警尋求警方的協助。

谷芽不是沒試著聯絡對方，然而丁木香還是一樣的說詞：她很好，不用擔心，她只是想給自己徹底地放個幾天假，沒有人打擾。

「不過木香這個情況……」總務若有所思地說，「聽起來跟那位三年級的學姊很像呢。」

「啊，我知道，她是我們班的。」公關見還有人一頭霧水，特意解釋道：「我的一個同學，我跟她不是很熟，反正她蹺課好幾天了，聽說連家也沒回，只有傳訊給她的朋友。不過她之前就常蹺課了，就連老師都見怪不怪。」

「這樣聽起來，確實是跟木香的情況挺像的。」副社同意，「反正有報平安最重要了，我想她很快就會回來的，大家也不用太擔心。」

谷芽知道副社這句主要是對她說的，怕她會胡思亂想。她點點頭，儘可能讓自己不要過度憂慮。

相較於去在意自家社員蹺家兼蹺課，讓梁青黛更爲煩心的莫過於那一日她和谷芽的對話被除魔社的人聽見。

這下可好了，吸血鬼這事完全不適合再報導下去，他們好不容易獲得的注目和熱度，很可能沒過多久就會消下去。

從私心來看，梁青黛一點也不樂見這現象。

但一來拿不準除魔社的人何時會把他們聽到的內容捅出去；二來是那件大衣也不見了……

既然如此，就乾脆讓整件事告一段落吧。

到時候要是除魔社再揪著他們自導自演這點窮追猛打，他們也可以咬定沒有這回事，反正根本沒人有實際上的證據。

這麼一想，梁青黛的煩悶稍稍減緩不少。與同學道別後，她隻身踏上了回家的道路。

她忽然間想起谷芽在醫院裡曾歇斯底里地大叫說有吸血鬼，她只覺得好笑，這世上怎麼可能會有那種東西呢？

不如讓丁木香多開導谷芽吧。

想到就做素來是梁青黛的信念之一，她原本想用傳訊的方式，可轉念一想，還是直接在電話裡說比較方便。

撥打出去的電話遲遲沒人接聽，梁青黛耐著性子，可最後響起的仍是即將轉進語音信箱的通知。

梁青黛咂了下舌，不明白丁木香都會發訊息給他們了，怎麼就不接個電話，她不死心地又打了幾次。

每一次都和第一次相同。

手機沒有接通。

梁青黛也沒了耐心，決定若這一次撥打還是一樣的狀況，就放棄不打了。

忙著打電話的她沒有留意到，自己走的這條路不知不覺只剩下她一人，前後不見人影。

一股難以言喻的冷清籠罩了此處。

即使天還未暗下，可橙紅色的夕陽餘暉將整條街刷出了詭譎的死寂。

梁青黛是突然聽見聲音的。

聽起來就像是某人的手機鈴聲響起，還離她很近。

綁著馬尾辮的少女心裡咯登了下，她抬起頭環顧周遭，前後左右都沒有人。然而鈴聲卻如影隨形，彷彿附骨之蛆般緊貼在她身邊。

一絲不安竄上梁青黛心頭。

等到她聽出手機鈴聲是什麼樂曲之後，那絲不安瞬間放大了數倍。

那首歌……那首歌不就是丁木香用來作為手機鈴聲的嗎？

梁青黛確定自己不會聽錯。

因為丁木香曾向她介紹過這是一個冷門地下樂團的作品，很少人知道，也因此才會讓她格外印象深刻。

梁青黛深吸一口氣，讓自己盡量冷靜下來。說不定，只是湊巧有人手機也設相同鈴聲。說不定，那個人其實離自己有些距離，只是剛好鈴聲音量較大，才會被她聽見。

不管怎樣，都別自己嚇自己。

做足了心理建設，梁青黛也不管手機撥號還沒進入語音留言系統，直接切斷電話，想快步地離開這條沒有其他人的道路。

可隨著她的手指在螢幕上滑動，取消了通訊，身周的那道鈴聲竟也跟著消失不見。

這巧合讓她頭皮不由得發麻。

梁青黛猶豫了一會，毅然再次撥出丁木香的手機號碼。

幾乎分秒不差，這條被濃艷色調包圍的街道上，驟然傳出了同樣音樂。

而且就在她身後。

梁青黛握緊手機，在心裡默數了一、二、三，接著猛地轉過頭。

一抹先前沒有見到的人影，驀然撞入她的視野中。

那人披著怪異的獸皮大衣，甚至連半張臉都被覆蓋住，只能瞧見雪白的尖尖下巴，姣好的唇形。

從露出的部分面容與纖細的體型來看，顯然是女性。

雖說那人的乍現確實嚇了梁青黛一跳，但對方的出現，反而讓她安下了心。

這可比她轉過頭，卻什麼人也沒看到要好得多了。

尤其她還見到對方手中正握著一支手機，音樂便源自於那，這使得她大大鬆了一口氣。

來者顯然就是離家出走多日的丁木香。

意識到自己臉部線條不自覺放鬆，梁青黛立刻又板起了臉，拿出社長的威嚴，「木香，妳是跑到哪裡去了？連學校也不來，不知道這樣會讓大家有多擔心嗎？」

披著大衣，連髮絲都被藏得密實的丁木香不發一語，似乎對對方的責備不爲所動。

梁青黛不悅地皺緊眉頭，往前邁步，「我在問妳話啊。怎麼，現在連社長也不會喊了嗎？

還有妳沒事打扮成這樣幹嘛？是想假裝吸血鬼來嚇我嗎？別鬧了，我怎麼可能會被妳……」

剩餘的幾個字，霍地凝固在梁青黛的舌尖上，她猛然回憶起一件事。

他們社團的那件大衣不是被高甜拿走了嗎？那麼……眼前丁木香所穿的這件，又是從何而來？

「妳是木香吧？妳是丁木香吧？」梁青黛拔高了聲音質問著。

沒有露出面容的少女依舊一聲不吭，但她的雙腳倏地動了，那雙雪白得像會發光的腳踝邁開大步，由走變成跑。

再從跑變成衝向了梁青黛。

被收攏的長髮隨著劇烈的動作從大衣內滑出，那是一束銀亮如星光的銀色髮絲。

丁木香根本就不是銀髮！

如果拿著那支手機的人不是丁木香，那她究竟是誰？

梁青黛倒抽一口氣，臉色發白。她本能地感受到一股恐懼，身體在不斷叫她快跑，她不由分說地轉頭就逃。

卻沒想到明明上一刻還在自己身後的人影，一晃眼赫然平空出現在自己正前方。

普通人類不可能做得到這種事的！

梁青黛驚恐地瞪大眼，控制不住的尖叫幾乎要衝出喉嚨。她沒來得及喊出是因爲那抹人影凶猛地朝自己撲了過來，大張的嘴巴裡露出了異常鋒利的森白獠牙。

吸血鬼！

這個名詞剎那間閃過梁青黛腦中，同時爆發的腎上腺素讓她險之又險地躲開了那名看不清容貌的銀髮少女的攻擊。

梁青黛狼狽地摔倒在地，掌心還狠狠地擦破了皮，火辣辣的刺痛馬上從傷口位置蔓延開來，但她卻無暇理會。

趁著銀髮少女似乎還訝異著自己的攻擊落了空，她抓著包包的肩帶，慌不擇路地就朝前方拚命狂奔。

聽見手機提示音的項冬和項溪不約而同地做了一樣的動作。

他們停下腳步，掏出手機，點開頁面上的訊息。

時衛發來的通知上清楚寫著：項冬、項溪不准再蹺掉今晚的校外實習課。

「喂，弟弟，你怎麼看？」項冬問道。

「弟弟，我正想問你怎麼看？」項溪回答道。

從出生到現在，從來沒辦法在誰是哥哥誰是弟弟這件事上達成共識的兄弟倆對望了一眼，接著又做出相同動作。

當作沒看到時衛的警告，毫不心虛地蹺掉今晚的實習課。

刷黴斑什麼的超級麻煩，還不如去打工賺錢呢。

項冬翻了下手機的備忘錄，上面密密麻麻記錄著各個打工的時間地點，內容包羅萬象。上從私闖民宅……說錯了，是在不驚動收貨人的前提下，將洋芋片悄無聲息地送到家門口；下到打掃大樓，只要是他們能做的，通通都不放過。

目前為止，項冬、項溪一致公認，最棒的打工是由凌霄先生所提供的。標準的錢多事少離家近，只要送送洋芋片就可以。

「今天要做哪一個？」項冬問向也在翻手機備忘的項溪。

項溪聳聳肩膀，「不知道，你要哪個？」

「知道我就不會問你了。」

「我知道我也不會問你了。」

發現他們的對話一不小心可能會無限循環，項冬、項溪同時閉上嘴巴，然後再同時將自己心中的選項說出來。

「第三個。」

「第八個。」

顯而易見，這對雙胞胎兄弟從來就沒有所謂的默契。

「算了，用距離決定吧。」項冬說。

項溪同意這個意見，「最近的是去打掃大樓地下室，那邊的管理員大哥說，要去的時候給他打個電話通知一聲就行了。」

項冬說的那棟大樓，離他們此刻位置大約快二十分鐘路程。

凡是路上行人見到他們兩人，都會不由自主地多看幾眼。畢竟五官俊朗的少年本就賞心悅目，尤其一口氣還是一模一樣的兩個。

倘若不是他們額前劉海挑染著不同顏色，那找不出一絲差異的面孔，都要讓人忍不住往複製人這方面猜想了。

項冬、項溪的長相已不能用相像來形容，而是真的如出一轍，就像在看鏡裡鏡外的影像。

兄弟兩人早習慣來自外界的注目，他們毫不在意地快步行走，彎進了稍嫌曲折的巷弄裡。見四下沒人，他們腳下一用力，就想蹬跳到圍牆上，抄近路節省時間。

他們抄近路的方式與一般人不一樣，別人是真的抄近路，而他們的路……

赫然是別人家的圍牆或屋頂。

既然要走這些地方，當然要挑人少一點的路線。項冬、項溪可沒興趣被人拍下來，然後放上網路當成別人茶餘飯後的娛樂。

只是他們才剛跳上圍牆快速奔跑沒多久，霍地就聽見了少女的尖叫聲。

聲音不知從哪條巷子傳來，這裡巷弄多又曲折，不熟悉的人很容易讓自己迷路。

項冬往後看了一眼項溪。

項溪抬腳把項冬踢下去。

項冬跌下的同時不忘伸手拽住項溪的腳，彼此都不願吃虧的兄弟倆就這麼雙雙從牆上掉了下來。

不過他們身手靈活，皆穩穩落在地上。一站好身子，他們又是飛快躍上牆垛，從高一點的位置找人總是比較快。

兩人速度極快，繞過幾個彎角，就看見了那抹倉皇奔跑的人影。

穿著榴華高中制服的少女蒼白著臉，緊抓著書包肩帶，掛在上面的單字卡隨著她的動作劇烈搖晃。

項冬、項溪眉頭擰了起來。

那是梁青黛，弄了假新聞出來，害得他們工作量增加，回家時間也變晚的新聞社社長。

「眞沒勁。」項冬懶洋洋地說。

他的聲音落到了梁青黛耳中，讓她反射性地抬起頭。

一瞧見蹲在牆上的兩道人影，梁青黛眼中爆發了熾亮的光芒。

「項冬、項溪，救我！有人……」她如溺水者看見浮木般地大叫，「有吸血鬼在追我！」

「吸血鬼不是你們社團創造出來的嗎？」項溪對梁青黛的話語嗤之以鼻。

「走吧，還得去打工。」項冬的言下之意很明白，他完全沒有意願幫助梁青黛。

這同時也是項溪的看法。

他們誰都不願意成爲對方自導自演戲碼中的一枚棋子，對方愛假裝有吸血鬼存在，就讓她一個人去假裝好了。

梁青黛不敢置信地煞白了臉，她恐慌地尖叫，希望能留下兩名紫髮少年的腳步。

「不，我沒有騙你們……眞的有吸血鬼！眞的有吸血鬼啊！」

項冬、項溪將少女的喊叫拋到身後。他們覺得梁青黛爲了讓吸血鬼事件延燒得更熱烈也眞是拚了，居然還自己下場假裝成受害者。

「新聞社怎麼那麼閒？」項溪面無表情地感慨著。

「他們該學學時衛去玩手遊了。」項冬對高自己一屆的學長直呼其名，「雖然會像個網癮廢人一樣，但起碼有事做，不會煩人。」

「嗯，不煩人很好。」項溪深感認同。

他們會選擇加入除魔社，除了天生就是顯性，契魂早早就成熟，被家族命令要進入社團好好發揮才能，多刷點黴菌斑，替環境清潔盡最大心力之外，另一個原因就是除魔社的上屆社長與這屆的時衛，基本上都不是會管太多的人。

待在社團裡，讓他們覺得悠閒自在，就算連蹺十次社課時間及校外活動，都沒人會叨唸。

雖然第十一次，他們就會被強行送進澤蘭的實驗室，體驗一把什麼叫慘無人道的生活。

不過，他們的記憶保護了他們的心靈，日後他們在想起那段日子時，都會自動跑出大片馬賽克，因此兩兄弟完全不記得當時究竟發生了什麼事。

唯一可以肯定的是，他們現在看到澤蘭就想繞道走。

由此可見留下的心靈陰影有多深了。

「等等。」項冬忽地說道：「我們現在是蹺了第幾次了？」

蹺太多，超過時衛的容忍度的話，很可能又要再被送進實驗室。碰上澤蘭帶隊，發現人缺席未到，一樣是送進實驗室。

項冬、項溪光是聽見「實驗室」三個字，就忍不住臉都綠了。

「蹺……我忘了。」項溪壓根沒去計算，「但時芽山莊的特訓我們有去，這樣可以重新累計了吧？」

「說得對，上次特訓我們有去。」項冬頓時安下心，「我們眞認眞。」

感到心安理得的他們全然忘記了，那一次四天三夜的特訓，他們也只去了一天而已。

「弟弟，走吧。」項冬催促著項溪邁開腳步，「你太慢了。」

「弟弟，腿短的是你才對。」項溪不客氣地反唇相譏。

兩人互不退讓地針鋒相對，在外人看來，估計會認爲這是一對感情相當不好的雙胞胎兄弟。

事實上，項冬、項溪也覺得他們倆的感情，非常不好。

話說到一半，項冬驀地頓住腳步，「沒聲音了。」

他的話沒頭沒尾，但項溪還是聽懂了，「她放棄再假裝被吸血鬼追了？」

至剛才爲止都還能隱約聽見的少女尖叫，這一刻乍然沒了聲音，像是徹底被抹去。

項冬兩人又側耳聽了一會，他們的耳力比常人還要敏銳，但迴盪在這一區巷弄裡的，此時僅剩下一片寂靜無聲。

就連其餘聲響都宛如被呑噬一般。

這份靜默來得不尋常，簡直像有一股不明力量把所有聲音都抽走。讓項冬、項溪的說話聲反倒顯得突兀。

事情不對勁。

兩人心裡剛一下咯登，下一剎那手機同時震動起來，緊接著跳出了特意設定過的提示音。

那是污穢出現的通知。

項冬、項溪立即點開手機頁面，上面顯示的污穢出沒地帶，讓他們險些破口罵出髒話。

竟然就是剛才他們碰上梁青黛的附近！

不祥的預感直衝心頭，兩名紫髮少年二話不說，拔腿就朝那方衝刺。

他們跑得很快，有如一陣掠起的狂風，不到片刻已衝到了最後看見梁青黛的地方。

那裡靜靜佇立著一抹纖細人影，卻不是梁青黛。

那是一名披裹著獸皮大衣的少女，她的大半張臉都被獸皮遮擋住了，只露出線條精緻的下巴。像銀星閃耀的銀髮從她一邊肩側垂下，手腕與腳踝雪白得像會發光。

然而在猶如白玉雕成的雙腳周遭，赫然遍布著詭異的花紋。乍看之下，就好像路面長了黴斑似的。

被黴斑包圍的少女捧著一顆核桃，嘴角彎成漂亮的弧度。

從她微張的淡粉色嘴唇內，可以看到長長的獠牙。

意識到眼下究竟發生了什麼事之前，項冬、項溪已反射性展開行動。開啓回收場後，他們迅雷不及掩耳地衝掠上前，身下的影子同時像液體湧動，白色短槍轉眼間被他們緊握在手中。

隨著他們飛快扣下扳機，流轉著絢麗光芒的子彈從槍口疾射而出，從左右包夾向身處中央的獸皮少女。

少女身下的影子瞬間竟如活物，躍動得比兩人的更爲猛烈。

漆黑的影子高高濺起，像一面面盾牌圍立在少女身前，層層疊疊地攔阻下子彈的衝擊。

第一層盾牌被炸開了窟窿，子彈沒有停止，繼續往前飛衝。

第二層盾牌出現蛛網般的白色裂縫，將子彈卡在其中。
這當下，項冬、項溪腳下步伐再加速。他們猛地躍起，踩踏上牆面，身子騰躍至半空的同時間，扳機再度扣下。
這一次，連開數槍。
子彈快如閃電般在空中拖曳出光軌，一面又一面的盾牌在小巷裡炸裂，碎片落至地面，又融入少女的影子裡。
項冬、項溪已大幅拉近與少女之間的距離，他們對準了影盾間的空隙，再次扣下扳機。
子彈伴隨著白色硝煙噴吐而出，高速竄向少女的胸口及前額。
但打碎的卻只是一片虛幻的殘影。
獸皮少女的影像如漣漪般漸漸轉淡，留下的是她婉轉輕柔的嗓音。
「你們聞起來也好香啊，眞想品嚐你們的鮮血，但不是現在。沒錯呢，不是現在。」
當最後一字彷若水滴墜入池子裡，少女的身影徹底消逸，路面上的斑紋也一併被帶走。
巷內只剩下項冬和項溪，還有……
一個繡有「榴華高中」四個大字的書包靜靜地躺在路邊，單字卡吊在背帶上。
那是梁青黛的書包。
項冬、項溪在這瞬間只覺像有一大盆冷水兜頭淋下，澆得他們心裡發涼。眼前的一切，無不是在告訴他們，他們一時的疏忽大意，導致了事情走向最糟糕的發展。

梁青黛眞的在向他們求救。

只不過追著她的不是什麼吸血鬼，而是——

魔女。

□

除魔社的校外實習活動，今天提早進行了。

相較於以往的九點、十點，此刻的六點多可說是相當早了。早得讓毛茅都想嘆口氣，他都還來不及在路上去買洋芋片先墊墊胃呢。

星期一要上課已經讓人很憂鬱了，星期一晚上還得追加社團的實習活動，就讓人更憂鬱了。

憂鬱到讓他恨不得現在就溜離這裡，省得還要看著澤蘭微笑地盯著他不放。

沒錯，今天的帶隊老師是澤蘭。

綁著蓬鬆大辮子的校長正面露微笑，以慈愛祥和的目光看著視線可及的一票學生們。

如果讓毛茅來形容，那目光更像是屠夫在看一票隨時可以宰了的小豬崽，讓人不由得想要瑟瑟發抖。

「澤老師。」時衛沒好氣地說，「可以不要再用那種視線盯著我們看嗎？黴斑都刷不下去了。」

「哪種視線？」澤蘭訝異反問，「我這不是在慈祥地注視你們嗎？用眼神鼓勵大家呀。」

白烏亞小幅度地搖了搖頭，似乎是想拆澤蘭的台，又不好意思。

毛茅就不會不好意思了，他搓搓手臂，「澤老師，再被你用那種眼神鼓勵下去的話，我都想跑了。真的，沒騙你。」

「澤老師，嚇到一年級不好。」為了直屬學弟，白烏亞毅然開口，高大的身形擋在了自己直屬面前，隔絕澤蘭的目光，「你可以退遠一點。」

「最好退到我們看不見的地方去。」時衛不客氣地驅趕，「慢走不送，再見。」

「都當社長的人了，怎麼還這麼幼稚呢？」澤蘭說。

時衛懶得多說，只是回予一記皮笑肉不笑。

除魔社今天的掃除地點是在一幢未完工的大樓內，建商惡性倒閉，讓這棟大樓工程停擺多年，成了一處廢墟，外面的水泥牆上還能見到許多噴漆塗鴉。

時衛他們來這清潔的當然不是那些塗鴉，他們要負責的是普通人用肉眼無法看見的……污染。

對除魔社來說，有時候像這種僅有水泥牆作粗陋隔間的毛胚屋，反而更好處理。畢竟在一片灰撲撲的環境，反而更能輕易發現任何斑紋的存在。

不過這對毛茅來說就行不通了。

契魂至今還未成熟的他，沒有辦法直接看見黴斑，仍必須依靠由協會研發出來的護目鏡，才能看見那個令人眼花繚亂，或者說讓人視覺疲勞的世界。

完成一鍵換裝的毛茅拉下掛在帽簷上的護目鏡，四處搜尋這棟大樓內的黴菌斑。

白烏亞朝他招招手，要他過來自己這邊清掃，不要被澤蘭和時衛的無硝煙戰爭波及到。

除魔社的社長和指導老師互看不順眼，早就是公開的祕密了。

就連最溫柔的除魔社之花——木花梨，都笑笑地表示，這時候的澤老師心智年齡和社長是一樣的，他們就不要去插手兩個小朋友之間的戰爭吧。

既然沒辦法讓澤蘭從自己面前消失，時衛決定，那他消失總行了吧。

反正山不轉路轉。

「社長，你要下樓嗎？」毛茅瞧見時衛往樓梯口走。

「啊。」時衛隨意地舉了下手。

他們社團當然不只有他們幾個男生過來，女生在下面一層，由伊聲負責帶領。

讓時衛來說的話，今天也不曉得是什麼特別日子，居然兩位指導老師都出動了，要是平常，有一位出現就很不錯。

事實上，今天是由伊聲帶隊，而買一送一跟著出現的澤蘭，只不過是實驗碰上瓶頸，來找靈感罷了。

他覺得看著一票很適合當實驗對象的青春肉體，肯定就會有新靈感出現，讓他之後能有新的突破。

無來由地，待在大樓裡的除魔社社員們感到頸後一涼。

眞奇怪……毛茅摸摸自己的脖子，不曉得爲何突然起了雞皮疙瘩。

這幢原本要作商辦用的大樓相當寬敞，樓層又高，要在一天內找出全部黴斑，並清掃完畢，本就是不可能的事。

澤蘭也只是要學生們能清多少就清多少，反正清不完，頂多改天再來清，或者叫其他人過來繼續清。

嚴格來說，毛茅不討厭刷地板，但是旁邊站了一個澤蘭，那就讓人壓力挺大了。尤其這位的眼神，還明晃晃地閃動著如何把人拐來實驗室的光芒。

「澤老師，你別這樣盯著人啊……」毛茅嘆氣，「你就算再怎麼盯著我，我都不會到你實驗室作客的。」

「請你吃洋芋片也不行嗎？」澤蘭遺憾地說，「我前陣子剛好看到洋芋片買一送一的消息，就順手買了一些放著了。」

「這當然是……」毛茅笑瞇了眼，話才說了一半，就被一旁的白烏亞出聲打斷了。

「毛茅，我們下樓去吧，這層清得差不多了。」白烏亞爲了避免小直屬被拐賣，大而無畏地站了出來。

發現自己差點被洋芋片魅惑的毛茅忍不住拍了下額頭，連忙跟著白烏亞往樓下走。

澤蘭不明所以地摸摸自己的臉，難道自己看起來有那麼嚇人嗎？可自己明明在今年裡，還當選協會看起來最溫柔無害美男子的第一名呢！

毛茅自是不會理解澤蘭內心的疑惑，他對老男人的內心世界一點興趣也沒有。

與白烏亞來到下一層後，他看見伊聲毫不意外地朝他們挑挑眉。

「又是被澤蘭自以爲慈愛的視線給嚇下來的？」伊聲有一下沒一下地舔著棒棒糖，那身血紅的醫生長袍在大樓內看起來色彩格外濃麗。

大樓外尚未完全褪去的夕陽餘暉照了進來，替伊聲的紅袍增添了一抹懾人的淒艷，彷彿連她腳下的影子都能刷上一層暗紅色調。

毛茅左右張望了下，發現只有木花梨在，「高甜和社長呢？」

「高甜跑去別層樓了。」伊聲說，「至於時衛，在那邊。」

毛茅順著伊聲指的方向看過去，原來對方正好站在了柱子後，才會沒立刻看到他。時衛站在本該要安裝上窗戶的大樓邊緣，只要一個不穩，就可能摔落下去。但他似乎毫不在意，站姿筆挺，一手拄著長柄刷，一手拿著手機，聽起來在跟誰交代什麼。

毛茅剛好聽見了飄來的關鍵字眼。

這裡、幾樓……

所以還有人要過來這嗎？毛茅只想得到今日照慣例也蹺掉活動的黑梟和項冬、項溪。

這個疑問的解答，很快就揭曉了。

長相如同鏡中倒影的兩名紫髮少年幾乎用衝刺地趕到了這個地方。

他們三兩步躍上樓梯，來到除魔社所在的五樓，後面是嗅到不對勁，跟著一同上來看個究竟的高甜。

「怎麼了？」伊聲一見項冬、項溪的臉色，就知事情不對。否則那兩名素來散漫的少年，絕對不會神色鐵青，眉眼深處是沒有散去的懊惱。

「魔女……」項冬嗓音沙啞，「魔女把梁青黛抓走了……」

「誰？」伊聲對這名字感到陌生。

「三年級學生，新聞社的社長。」澤蘭對全校師生的資料倒背如流，他眉頭緊緊蹙起，沒有錯過那個至關緊要的字眼，「你們碰上魔女了？」

項溪點點頭，他的聲音聽起來和他的雙胞胎兄弟同樣沙啞，「梁青黛在路上向我們求救，說有吸血鬼在追她，我們沒有當一回事，以為是她自導自演……」

「新聞社一開始放出來的吸血鬼報導，確實是他們造假的。」項冬補充，「我們以為她還在故意引人注目，卻沒想到……」

伊聲或許是在場人當中，對吸血鬼事件最不了解的人。

木花梨上前一步，輕聲地對她說起這起事件的來龍去脈。

「也就是說，除了新聞社自己扮演的假吸血鬼外，還有另一個吸血鬼？」伊聲掌握到了重點，「而那個吸血鬼，其實就是魔女？」

「是我們的錯。」項冬攢緊拳頭。

他們對他人或許漠不關心，可對於自己本該能阻止，卻因為一時的輕慢大意，而導致意外發生，這份懊悔如同火焰燒灼著他們的喉頭。

「我們本來可以阻止的……」項溪難以忘記那個銀髮魔女對他們露出的微笑，就像在深深地嘲弄著他們。

「是我們自己被混淆視聽，過度大意了。」時衛冷著臉，承認了自己的錯誤，「小不點說谷芽被攻擊時，由於她沒契魂，我並沒真的往吸血鬼就是魔女這方面想。」

即使有要社員多加留意吸血鬼的出沒，但終究也只是多加留意而已。

「不只是谷芽。」時衛說，「之前在打工板說自己去報警，但調了監視器卻一切如常的那位受害者，我聯絡上了。她也沒有契魂，她說自己在失去意識前，似乎有看到金色的頭髮晃過，這部分和谷芽說的特徵一樣。看樣子，小不點之前的論點確實能成立，這個魔女的獵物，不限定是否具備契魂。」

「金色的頭髮？」項冬眼中出現驚訝，「不是銀色的？」

項冬此話一出，眾人莫不是愕然地看向他及項溪。

「你們看到的是銀頭髮？」時衛問道：「不是金頭髮？」

「是銀色。」項溪很肯定地說，「銀頭髮的女孩子，披著獸皮大衣，臉遮住，只露出下巴，手裡還捧著一顆核桃，帶殼的那種。」

「核桃……黑梟曾說過注意核桃。」木花梨霍地想起黑梟的占卜，「可是，爲什麼這一次魔女不像之前一樣，只是吸血……」

時衛忽然知道爲什麼了，他彈下舌，低咒一聲。他見過梁青黛多次，自然也能看見對方身上的……

契魂。

「她有契魂，還沒成熟。」時衛面無表情地說，「顯然沒契魂的只是單純的血袋，有契魂的才是眞正要狩獵的獵物。澤老師，伊老師，請你們下指示。」

「先去搜索。」澤蘭言簡意賅地說，「兩兩一組，不准落單。」

「尤其是毛茅。」伊聲鏡片後的目光犀利如刀，「高甜，妳跟他一起，盯好他，別讓他想一個人衝。」

「我會很乖的。伊老師。」毛茅做保證。

他明白伊聲和澤蘭爲什麼要他們不能落單。

這一回他們要面對的魔女……恐怕將是兩位。

第八章

打著大大的呵欠，毛茅一臉精神不濟地走進教室。

昨日一晚搜尋未果，不管是金髮魔女或是銀髮魔女，他們連看都沒看到，更別說是找到梁青黛的蹤跡了。

與以往不同，這回魔女一次就出現了兩名，榴華分部自是不敢大意，加派了更多人手在市區裡展開巡邏。

同時也沒忘記叮囑各校的除污社，要他們平日行動更爲小心，有實習活動的就先暫時停止，清掃黴斑的工作先都交由除穢者來處理。

而魔女們的代號，時玥雪當日一語成讖，便是「千種皮」。

只不過這次有兩名魔女，因此就乾脆取爲金髮千種皮和銀髮千種皮。

毛茅一點也不懷疑，這個簡單粗暴的稱呼，就是由他們指導老師提出來的。

「毛茅，你怎麼一臉睡眠不足的樣子啊？」林靜靜前來關切自己的同班同學，順便想和他分享最新的八卦，「之前跟你提過的離家出走學姊，你還記得嗎？」

「不記得啊，根本不知道有這件事。」有一道聲音細聲細氣地說，卻不是來自於毛茅。

林靜靜被嚇得連忙東張西望，她明明聽到有人回應她，可是毛茅明明沒張開嘴巴啊。

倏地，毛茅蓬鬆的鬈髮內有一小團東西拱動出來，乍看就像一顆飽滿好吃的雪白大福。

只不過這顆大福上，還有著豆子似的眼睛嘴巴，以及一雙短翅膀。

「毛……」林靜靜差點大叫出聲，幸好她及時摀住嘴，才沒讓人注意到毛茅的頭上出現了一隻外形像大福又像雪球的可愛鳥兒。

重點是，這隻鳥還會說話。

林靜靜趕緊把毛絨絨從毛茅頭頂上撈下來，放到桌子上，不然那坨白色真的太顯眼了。

從毛茅毫無意外的表情來看，就知道他默許毛絨絨跟著他一起來學校。

「怎麼回事？你怎麼帶毛絨絨過來了？」林靜靜壓低聲音問。

「替我聽課。」毛茅也壓低聲音回答，「我覺得我待會昏睡的機率太高，但老師們放話過了，這幾天教的都是期中考必定會出的內容。」

「所以你就讓毛絨絨來替你聽嗎？」林靜靜還是頭一回看見有人叫寵物替自己聽課的。

很好，這很有毛茅的風格。

「我會努力的！」毛絨絨舉起小翅膀，眼睛裡寫滿「奮發向上」四個大字。

「眞是一隻有學習心的鳥啊……」林靜靜感嘆著，「那黑琅呢？他沒跟著過來？」

依照那隻大胖黑貓的嫉妒心，林靜靜相信對方絕對不會容許只有毛絨絨能夠跟著一塊來學校。

「來了，我叫他先滾到社辦去了。」毛茅說，「大毛胖得那麼顯眼，我覺得老師不會想看到我把他帶到教室來的。」

老師也不會想看到你叫一隻鳥來替你聽課的……林靜靜腹誹著。

「靜靜，妳剛說什麼學姊呀？」毛絨絨沒忘記這個最初的話題，求知欲旺盛地問道。

「就是之前有位學姊又是蹺課又是逃家的……」林靜靜用眼神詢問著毛茅，想知道他是不是還記得這事。

「是不是姓歐的高三學姊？」毛茅趴在桌面，連素來有活力的捲翹小鬈毛都蔫蔫的，一雙圓滾的金色眸子像是要閉起般半闔著，「她回來上課了嗎？」

林靜靜把音量放得更小，「她還沒回來上課，不過人已經找到了。她被發現昏倒在路邊，脖子上還有被咬的傷口，目前人在醫院，聽說她家人也報警了。」

被咬？毛茅驀地睜大眼。

林靜靜離他離得極近，陡然看見那雙金色眸子睜得又圓又大，不禁被嚇了一跳，「你眼睛也睜太大了吧？」

「是毛茅眼睛本來就大啊。」毛絨絨讚歎地說道。

「謝謝你的讚美啊，毛絨絨。」毛茅輕戳了下圓滾滾的雪球鳥，雙眼直勾勾地瞅著林靜靜不放，「靜靜，那位學姊脖子上的傷口……也像是吸血鬼咬的嗎？」

「聽其他去探病的學姊說……就跟吸血鬼電影裡演的一樣，有兩個小洞。」林靜靜說，「可是傷口又太淺，不像是被吸血的樣子。」

「這樣聽起來……跟谷芽學姊的情況很像呢。」毛茅撐起了腦袋，歪著頭思索，「其他學姊有談論到歐學姊蹺課的這幾天發生什麼事嗎？」

「沒有呢。」林靜靜搖搖頭，「歐學姊似乎什麼都不記得了，只說她很好，她沒問題，我最多只知道這樣而已。啊，不過……」

「不過什麼？」

林靜靜看了看四周，這次幾乎是用氣聲說話了，「我開始懷疑蹺家是不是會傳染了。」

「什麼意思？」毛茅困惑地問道。

「換我們社團的兩位學姊也蹺家兼蹺課了。」林靜靜一說起這事就滿懷不解，「我跟木香學姊不算熟，可是社長……社長不像會做這種事的人啊……」

「等等。」毛茅的背完全挺直了，他目露吃驚，「妳說誰跟誰？」

「青黛學姊跟木香學姊，都是我們新聞社的……」

「那位木香學姊，是不是叫丁木香？」

「毛茅你知道啊？」

「毛茅，怎麼了嗎？」毛絨絨從毛茅的態度察覺到異樣，「她們兩人有什麼不對嗎？」

「靜靜，我問妳喔。」毛茅沒有立刻回答毛絨絨的問題，「妳怎麼知道你們社長也是離家出走去了？」

「社長傳訊跟其他學長姊說的，有學姊偷偷截圖給我看。」這不是適合聲張的事，因此林靜靜的音量還是維持小小聲的，「社長說最近有點煩，想一個人靜靜，不用來找她，她過一陣子就會回來。據說木香學姊當時也是傳類似訊息給其他人，真的挺奇怪的啊……」

這才讓林靜靜開始懷疑起，難道蹺家蹺課這種事是會傳染的不成？不然怎麼一個接一個都在同一個時期做差不多的事呢？

林靜靜也沒太深入去想，頂多只認爲學姊們的壓力看樣子真的很大，才會說想要一個人靜靜。

毛茅卻不一樣了，他在林靜靜沒注意到的角度斂起所有笑意。

梁青黛被銀髮千種皮帶走了，這是項冬和項溪所見。既然如此，發訊息給她同學的人……真的還是梁青黛嗎？

還有丁木香。

當初谷芽就說過，她和丁木香是一起碰上金髮千種皮的，她被吸了血，而丁木香卻安然無事。

不，現在想想，她真的安然無事嗎？

即便她傳了訊息報平安，可實際上，她確實是下落不明。

——就和如今的梁青黛一模一樣。

還有那位離家出走又被找到的歐學姊……

毛茅赫然發現到，這三位學姊的離家模式都是相同的。她們皆傳了訊息給親朋好友，都說自己要一個獨處的空間，不希望有人來找她們。

幫她們發訊息出去的人——究竟是誰？

一個悚然的念頭竄過毛茅腦海，他瞳孔霍然收縮了下，覺得自己似乎發現了什麼。

「靜靜，我有事要先離開一下。」毛茅抄起手機，忽地站了起來。

「咦？啊？等等啊，毛茅，待會就要上課了耶！」林靜靜吃了一驚，「你是要去哪？」

「我有事要先蹺課，東西我晚點回來拿。」毛茅毫不掩飾意圖，「有事除魔社找我。」

林靜靜瞪大了眼，居然在她這個副班長面前，這麼正大光明地說要蹺課？這樣對嗎？

「再等一下啊！」林靜靜猛地拉住對方衣角，「你說東西晚點回來拿，難不成還包括……這個嗎？」

林靜靜指的「這個」，正是桌面上還反應不過來、一臉懵然的毛絨絨。

「毛絨絨就負責幫我聽課吧。」毛茅朝毛絨絨和林靜靜拋了個飛吻，「拜託你了喔，毛絨絨。」

接收到飛吻的毛絨絨頓時渾身充滿幹勁，「一切交給我吧，毛茅！」

林靜靜只能目瞪口呆地看著自己的同學，就這麼大剌剌地把學生上課的義務……交給了，一隻鳥。

「哎？等等。」毛絨絨像是終於回過神來，茫然又迷糊地看著林靜靜，「毛茅要我幫他幹什麼呀？」

林靜靜揉著額角，長長地嘆了一口氣，覺得自己真是任勞任怨的好副班長，「你跟毛茅過去吧，肯定是有什麼重要的事，我替他做筆記吧。記得跟毛茅說……」

林靜靜板起了臉孔，比出了四根手指。

「要請我喝四天的飲料！」

毛茅像顆出膛的子彈，敏捷地一路衝向社團大樓。

他的目的地，自然就是除魔社的社辦。

雖然這個時候已經差不多是上課時間了，大樓內基本上不會見到其他學生遊蕩。可是毛茅有種預感，他們社辦，肯定有人在。

沒錯，那位幾乎將社辦當成自己地盤，用行動來證明手遊到底多麼重要的社長大人。

時衛。

毛茅一推開半掩的社辦大門，果然見到了白金髮色青年那道修長的人影。

時衛今天難得不是窩在他華麗的專屬座位上，而是直接躺在沙發裡，相當不務正業地舉著他的手機，神色凝重地準備抽角色卡牌。

「社長。」毛茅喊了一聲。

時衛顯然沒料想到這時候社辦裡會再冒出另一人，他驚愕地仰高頭，手指同時一滑，戳按上了「連續十次召喚」這個按鍵。

等他一回過神，螢幕上已經進入了閃閃發光的召喚頁面。

「我本來還在醞釀情緒的。」時衛坐起身體，不滿地說，「網路上說靜心凝神有助於抽到五星角色的。小不點，誰允許你隨意打斷我的？」

「哎？不就順其自然地抽嗎？」毛茅說，「我昨天就抽到了綠薔薇聖女了呢。」

綠薔薇聖女是紅薔薇聖女的姊妹，同樣也是SSR等級的五星角色。總之就是很高級，很強，而且才剛推出來而已。

時衛眼角一抽，不想跟這個運氣簡直好到天怒人怨的學弟說話了。

不過下一秒，躍現在螢幕上的少女身影讓他瞬間挺直了背，一雙漂亮狹長的眼睛瞪大。

不是吧？

他課了不知道多少金，投注了不曉得多少心力下去，至今都還盼得天荒地老的紅薔薇聖女，居然被這樣手滑地一抽……

眞的給抽出來了！

時衛以複雜又驚歎的眼神看著毛茅，暗搓搓地想，看樣子以後抽卡的時候都得把這個小不點綁到旁邊來了。

這討人厭的運氣啊。

抽到想要的角色，時衛也願意暫時遠離手機一下了。

「你也來太快了，我不是要你們中午再過來？」時衛瞇細眼，看著這個時間點跑到這裡的一年級學弟。

雖然也算是托他的福，才抽到心心念念的紅薔薇聖女。

「咦？」換毛茅愣了下，「你說過？什麼時候的事……啊！」

毛茅忽地低叫一聲，立即拿出手機一看，果然是在他趕著跑來這裡的時候收到的訊息。

時衛發給群組一條通知，要大家中午過來集合，千種皮的事有新發現了。

「對了，大毛呢？」毛茅打量四周一圈，發現社辦裡少了一團黑漆漆的身影，他明明一早來時就把黑琅寄放到社辦的。

「你那隻貓，怕被烏鴉擼禿毛，直接奪門而出了，我也不曉得他跑去哪。」時衛說道。

毛茅腦中馬上浮現出白烏亞失落的表情。

「太不應該了，我下次一定會記得把大毛綁住，當然是要讓烏鴉學長摸到爽才可以。」毛茅義正辭嚴地說。

時衛很想看看，那隻胖貓聽到自己主人這番發言時的表情。

「先不管你的貓了，你突然跑來這是要幹嘛？」就算是想知道千種皮的新消息，時衛覺得未免也太急了；更何況毛茅擺明就是跑來前還不曉得這回事。

「啊，是有關梁青黛學姊、丁木香學姊，還有一位我不知道名字的學姊的事。」毛茅如實以告，順便也問出他內心的疑問，「社長，你都不用上課嗎？」

不然怎會不管什麼時候來社辦，對方幾乎時時刻刻都在啊？真的是把社辦當成自己家，二十四小時不離開了嗎？

如果是這樣的話，毛茅覺得，與其說手遊是時衛的真愛，其實除魔社社辦才是他們社長大人的真正心頭好吧。

「一，我會回去考試。二，也有按時交作業。三，我成績很好。四，老師們更希望我別待在教室裡。」時衛慢條斯理地先回答了毛茅的問題，再提出自己的要求，「待會把學姊的稱呼都省略吧，聽你唸一堆學姊的，我聽得頭都暈了。」

毛茅還是頭一次聽見有老師不希望學生待在教室裡的，尤其要求的對象還是一位之後將面臨大考的高三生。

然而看著時衛那張俊美無比的臉，根本三百六十度找不到缺點，毛茅頓時心領神會了。把時衛放在教室裡，那根本是讓班上的女孩子難以專心上課啊！解了心中之謎，毛茅迅速將心思全擺至讓他衝來社辦的重點上。

「社長，三年級有位離家出走然後被找回來，卻被發現脖子有傷口的學姊，你知道嗎？」畢竟不曉得那位學姊的姓名，毛茅決定還是以學姊作爲代稱。

時衛眼中閃過訝色，「你怎麼知道她？啊，林靜靜，對吧？」有熱愛八卦的林靜靜在，也難怪毛茅會這麼快就得知那位女學生的事。

「她叫歐蝶。」時衛說，眉宇間躍上肅然，「林靜靜跟你說了多少，有提過歐蝶在醫院醒來後的反應嗎？」

「有。」毛茅頷首，「靜靜說，歐蝶學姊似乎不記得先前發生什麼事了，只說她很好，她沒什麼問題之類的。」

「與其說她好，不如說糟糕透頂了。」時衛的臉部線條不自覺微微繃起，「她的契魂沒了。」

「什……」毛茅愕然。

「契魂沒了，個性也沒了，你知道我在說什麼。」時衛不想對這方面多做解釋。

毛茅點了點頭，忍不住回想起薄荷——那個原本是除魔社一員，後來被退社，同時契魂也被小紅帽挖走的少女。

失去契魂的人從外觀上看不出異常，可是身邊的人卻會覺得對方性情大變。

不是變差或變壞，而是更……難以言喻的……

就像凌淨曾形容過的，彷彿活力和情緒都被抽走了。

像是一個，人偶。

「我要你們中午過來，原本就是要跟你們說這事的。」時衛說，「既然你已經知道了，那麼想必也發現歐蝶、丁木香還有梁青黛這三人之間的共通點了？」

「行蹤不明，卻都有發訊報平安。」毛茅快速回答。

「還有，都是隱性。或者說，有一個曾經是隱性。」時衛站了起來，「去會議室吧，資料都在那邊。」

沒想到剛走出社辦，卻碰巧撞見樓梯口處的那扇大門「唰」地滑開，一抹鮮紅搶眼的人影拾階走上，手裡還拎提著一隻擺著不爽表情的黑貓。

「大毛、伊老師？」毛茅有些意外這個組合的出現。

「我聽到有學生說學校裡疑似出現黑色的豬，好奇出來看看，撿到了你家的貓。」伊聲鬆開手。

「什麼豬？朕明明輕盈苗條得像條閃電！」黑琅敏捷地落了地，一站穩就破口大罵，「那些小鬼們的眼睛鐵定是瞎了！還有妳，還不是妳威脅朕，說不讓妳拎著的話，就要去通報衛生局來學校把朕帶走了！」

「你要感謝我，雖然我臉盲，但要認一隻胖得跟什麼沒兩樣的貓，還是可以的。」伊聲雙手斜插進紅袍的口袋，「不然校警的確是要打電話通報衛生局了。啊，對了，還有這隻也一併還給你。」

毛茅起初不知道伊聲說的「你」是指誰，直到他看見伊聲從口袋裡一把抓出一顆雪球。不對，是長得像雪球的鳥。

「毛茅！」毛絨絨一瞧見毛茅，登時開心地撲動著小翅膀，奈何還被一隻蒼白的手抓著不放，只能徒勞無功地撲騰著。

「爲什麼連毛絨絨也……」毛茅困惑極了。

「一樣是路上看到的，就順手抓住了。」似乎是覺得觸感極佳，伊聲又捏了幾下，才把毛絨絨放開。

三人一貓一鳥全移步到會議室。

時衛開了筆電，放下投影布幕，將整理得差不多的資料都放了出來。

首先是三名少女的照片。

毛茅只見過其中的梁青黛，不過他立刻反應過來，另外兩位估計就是歐蝶和丁木香了。

「這是她們失蹤前的照片。」時衛說，「都有契魂，是還沒成熟的隱性。」

接下來上面的照片又換了一張，是躺在病床上，閉著眼的歐蝶；她的頸側有兩個像是被銳物扎出來的小洞。

「這個的契魂現在沒了，也問不出之前發生了什麼事。」時衛再度切換了布幕上的畫面，這次是手機通訊軟體的聊天截圖。

毛茅看了上面的時間，估算一下，發現是歐蝶行蹤不明的時候，發給同學和家人的。

「眞、眞厲害啊……」毛絨絨仰高著腦袋，「這些資料是怎麼弄到的？時衛，你潛進人家病房，偷了女生的手機，還趁女生睡覺時偷拍照嗎？」

時衛嘴角不甚明顯地抽了抽，這聽起來分明在說他是個變態吧。

「毛絨絨，別把社長說得跟變態一樣。」毛茅正經地指責。

時衛的嘴角不抽搐了，他忍無可忍地翻個白眼。

這小不點更過分，連委婉都不懂，直接說他是變態了。

「別鬧。」時衛以指關節敲敲桌面，「憑我的魅力，須要做這種事嗎？」

「我看不出一個紅絲絨蛋糕哪裡有魅力了？」伊聲挑剔的眼光在時衛那張臉上打量了一下，隨後不以爲然地收了回去。

時衛放棄翻白眼了，他揉揉抽疼的額角。早知道應該不管木花梨是不是還在上課，都要把她叫過來的。

整治除魔幼兒園向來是木花梨最擅長的，這種令人頭疼的工作為什麼偏偏落到了他頭上？想想一社之長該有的責任感，時衛還是按下想扭頭就走的衝動。他板著臉，裝作沒聽見剛剛的那些評論。

「這些資料都是澤老師給我的。」並且若無其事地把鍋都推給澤蘭去揹，「我也不曉得澤老師怎麼弄到手的。」

「還用說嗎？理由肯定就是他是個變態。」黑琅自認相當公正地發言，「別管那個變態了。重點、重點，朕和毛茅犧牲了重要的時間，不是來聽廢話的。」

「閒雜貓等可以自動滾出我們社團的會議室。」時衛優雅地給出建議。不理會那隻似乎想要暴起，卻被毛茅一掌拍下的胖黑貓，他繼續說明，「我們可以合理地推斷，歐蝶失蹤時，其實就是被千種皮囚禁，不管是金髮還是銀髮的，並拿她的手機發訊出去，偽裝自己只是蹺家。直到她的契魂成熟了、被吃了、沒有價值了，才被扔出來。」

「是挺狡猾的，而且……還會攻擊沒契魂的人類，讓人不會先往人形污穢身上聯想。」伊聲慢慢地說，「還沒有消息的丁木香和梁青黛……」

「恐怕也是被囚禁起來，就不知道是被關在哪裡。」時衛切換資料，換上一張被標上眾多紅點和密麻線條的地圖，「扣除新聞社自己搞出來的之外，上面這些是受害者遇上千種皮的地點。雖說事發地點正巧將我們學校圍在中間，但很遺憾，這些區域並沒有搜尋到什麼。」

「社長，我忽然有個想法。」毛茅異想天開地說，「項冬學長他們說，碰見銀髮千種皮的時候，看見她手裡捧著一顆核桃……該不會，失蹤的兩位學姊都被關在核桃裡面了？」

伊聲與時衛飛快地看向毛茅，繼而若有所思地點了點頭，一致認爲這個意見能夠參考。

只不過，倘若眞是如此，那想要找到丁木香和梁青黛就越發困難了。

「從千種皮鎖定的對象是隱性，而不是契魂成熟的顯性來看，她們很小心。」伊聲評斷，「抓的盡是沒有抵抗能力的獵物。榴華分部已經通知各校除污社，要他們多注意自己校內的隱性。」

頓了一頓，伊聲將視線投往社團內唯一的隱性身上。

「毛茅，雖然污穢和人形污穢都覺得你看起來難吃，但還是多注意一下。」

「毛茅算不算是……污穢界公認的黑暗料理之類的啊？」毛絨絨小小聲地說。

「我不介意把你做成黑暗料理的喔，毛絨絨。」毛茅笑得天眞無邪。

毛絨絨打了個寒顫，忙不迭用兩隻翅膀抱住渾身發冷的自己。

「高甜和烏鴉會多盯著他的，伊老師妳不用擔心。小不點，現在給你一個任務。」時衛朝毛茅勾了勾手指，臉上的微笑充滿魅力。

但看在毛茅眼中，卻只看到「不懷好意」四個大字。本能讓他想快一步溜走，然而時衛仗著手長腳長，快如雷電地拎住了他的衣領，把他拉了回來，按進了椅子裡。

「把我剛說的整理成報告，再傳給社團群組。」時衛把筆電推到毛茅面前，「這樣省了他們中午還得過來開會，我還得再說一次的工夫。」

「重點是最後面那句吧，社長？」毛茅看穿時衛的眞心話。

「對。」時衛大大方方地承認，然後非常愉快地把醞釀好的台詞說了出來，「這是社長命令。」

眞以爲自己可以挑戰社長的威嚴嗎？

別傻了，那是不可能的。

□

隨著夜幕降臨，城市裡的燈火幾乎刹那間全亮了起來。

平常這個時間點，項冬和項溪都在打工，賺錢讓他們覺得人生充滿愉快和希望。

但此刻他們兄弟倆卻是走在路上，看起來像在漫無目的地閒晃。

青春俊朗的少年向來吸引人目光，何況還是一次兩張一模一樣的帥氣臉孔。

幾個女孩推擠著、嬉笑著，想要上前去和兩名紫髮少年搭個話，可人還沒靠過去，目標對象冷不防加快腳步，如旋風般地走了。

留下女孩們傻愣愣地站在原地，完全不明白發生了什麼事。

項冬、項溪其實根本沒注意到有人想找自己搭訕，他們只是忽然收到了污穢出現的通知，當下便飛奔朝螢幕上紅點所在處而去。

他們不希望再犯下同樣的錯誤。

只是當兄弟倆趕到目的地，瞧見的是遺留在地面的璀璨花葉結晶，以及還沒換下身上制服的蜚葉除污社社長。

海冬青。

高大的藍髮青年朝他們微微點頭充當招呼，並沒想要多解釋什麼。

不過項冬、項溪光看也明白，誕生的是一般污穢，被剛好在這的海冬青給滅了。

「社長。」另一名穿著蜚葉制服的少女從另一端出現。她有著一頭華麗的白金長髮，和一雙彷若明亮寶石的桃紅色眼眸；她的美貌在夜間像能熠熠生光，驚人得不可思議，「另外一邊的孢子囊已經斬除了。」

海冬青向自家社員也點了下頭。

「學長們也是收到通知才過來這的嗎？」時玥雪噙著淺淺的微笑，「我和社長碰巧在這附近巡邏，本來是發現有污穢可能將要誕生，沒想到先出現了另一隻污穢。好在它們如今都不具威脅了，學長們巡邏也辛苦了。」

項冬和項溪再次深深感受到，同樣出自時家，時衛的交際能力和自家妹妹是多麼地天差地別。

「社長，太廢。」項冬小聲地和項溪交換意見。

項溪無比同意這個觀點。

「對了，學長。」時玥雪有禮貌地問道：「聽說你們和毛茅的父親認識？」

項冬、項溪瞬間湧起了危機感，估計這又是一個想和他們搶送貨工作的！

「認識。」項冬說。

「再見。」項溪說。

兩人連多留一刻也不願意，扔下了告別，匆匆地消失了。

項冬握著手機，單手滑著今天社團群組裡收到的消息。雖說不知道爲什麼是由一年級的小朋友負責發的，但重點在消息內容上。

實際上被千種皮抓走的人有兩個，二年級的丁木香和三年級的梁青黛。

「弟弟，你要是隱性就好了。」項冬面無表情地說。

「我也想對你這麼說，弟弟。」項溪面無表情地回應。

兩兄弟心中轉的都是同一個想法——這樣就能拿對方來當餌，看能不能引誘金髮魔女或銀髮魔女主動現身。

可惜他們兩人都是天生顯性，契魂發展得成熟又強悍，卻引不起這次魔女的興趣。

他們不是沒想過找毛茅當誘餌，那個一年級小朋友就是貨眞價實的隱性。但這主意還來不及成形，就被嚴酷的現實擊碎了。

首先，高甜和白烏亞負責盯毛茅，項冬和項溪都沒自信從他們手裡搶過人；一個戰鬥狂的高甜就不好應付了，更別說加上白烏亞。

其次，他們之前都沒和毛茅有過更深的接觸，因此一直到現在才終於知道對方就算是隱性，也可能是最不受污穢歡迎的隱性了。

不管是污穢或人形污穢，通通都把他當成最難吃的食物，一點下嘴的欲望也沒有。

「當隱性當成這樣，也挺厲害了。」項冬由衷地感嘆道。

「不愧是淩霄先生的兒子，淩霄先生討人厭，兒子討污穢厭。」項溪點頭附和。

此時遠在市裡另一端的毛茅無來由地打了個噴嚏。

項冬兩人繼續像是沒有目的地在市區裡晃著，他們越走越偏僻，周遭景象漸漸從熱鬧轉爲冷清。

直到他們身邊再也沒有其他人。

項冬、項溪默不作聲地對望了一眼，在彼此眼中讀到同樣訊息。

有誰跟著他們。

他們透過手機的螢幕留意了後方的情況，可是誰也沒看見。但那種被窺視的感覺卻如影隨形，緊緊黏著他們不放。

項溪滑開手機的螢幕鎖，「刷一刷」沒有動靜，代表他們四周並沒有污穢。

即使如此，兩人也沒有放鬆警戒，他們隨時都做好戰鬥的準備，隱藏在影子裡的契靈蠢蠢欲動。

他們知道，與污穢不同，擁有人形的魔女在動用力量前，可以壓抑自己的能量波動，不被感應到。

直覺告訴他們，他們想要找的魔女——

可能出現了。

不管對方爲何突然把目標轉換到他們兩個顯性身上，項冬和項溪都很歡迎她主動現身。

兩張如出一轍的面孔依舊沒有表情，可眼底是凶狠陰冷的光。

他們暗地裡提高戒心，表面上看起來還是閒散的模樣，似乎沒有發覺到任何異樣。

可走沒多久，項冬、項溪的臉上就閃過了藏不住的愕然，他們看見前方有人躺在路邊。

那人穿著榴華高中的制服，一動也不動，像失去了意識。

兩人快步跑上前，將人翻了過來，映入他們眼中的臉孔更讓他們心頭一驚。

這是……丁木香！

理應被千種皮帶走的丁木香，爲何此刻會出現在這裡？

可能的答案讓項冬、項溪心底一涼。

「把她的影像傳給社長。」項冬把昏迷的丁木香扶了起來，要項溪立刻聯絡時衛。

唯有時衛能夠確定，這名女孩的契魂究竟還有沒有在身上。

項溪正要拍照，可就在這瞬間，他猛地感到頸後寒毛直豎。

這感覺，就像突然被危險至極的猛獸盯住一樣！

不只項溪，就連項冬也有這種感覺。

幾乎反射性地，項冬抄起丁木香，和項溪疾速往旁躍退。

前一秒他們所待的位置，下一秒赫然被多束黑影佔據。

黑影如同活物般蠕動，它們像群蛇交纏在一起，又堆疊起來，逐漸凝聚出一個人形……

下一剎那，大片漆黑像被揮開的煤屑由上剝落下來，一抹人影就這麼平空進入了兩人眼內。

那人披著色彩斑雜的獸皮大衣，只露出小半張臉，微張的嘴唇內隱約可見森利的獠牙。

項冬、項溪斷然有了動作。

挑染白髮的少年按下手環上的晶石，一鍵換裝，開啓回收場。

世界立刻被劃成黑白兩色。

白色的天空，黑色的路面，黑色的建築物，白色樹影綽綽。

挑染黑髮的少年握住從自己影子裡脫出的白色短槍，食指二話不說扣下。

一聲槍響，炫白色的子彈宛如疾雷，張牙舞爪地衝向了無預警現身的魔女——

千種皮！

項溪的攻擊快。

魔女的速度卻也不遑多讓。

那道披著獸皮大衣的身影轉眼竟又消失，再出現，白如玉石的五根手指猝不及防地就要撕抓上項溪的脖子。

另一顆子彈及時襲來，挾帶雷霆之勢，擦過了魔女驟然收回的手臂，在上頭留下怵目驚心的焦痕。

項冬單手持槍，白色的短槍表面流轉過金屬光芒，槍口留著還未完全散去的煙氣。

魔女又消失。

下一刻，項冬看見項溪瞳孔收縮，冰冷的氣息冷不防貼近了他的後頸。

項冬反應極快，緊握槍托就是往後狠砸，卻只砸到一團虛無。

「前面！」項溪厲喝，扳機扣下。

雙生子的默契在這瞬間還是有所發揮。

項冬不假思索往旁翻滾，同時聽見「嘶啦」一聲，他避開了可能造成重創的一擊，卻還是讓自己的小臂皮開肉綻，五條血痕迸綻其上，包括袖管都被扯成碎布。

爲了躲閃子彈，只抓了項冬一爪的魔女微動嘴唇。

「只好再等等……晚一點……」

項冬聽見無人氣的空靈嗓音飄落在他耳畔，他還沒意會過來「再等等」是什麼意思，便見到獸皮大衣身影陡然又再度後退。

但顯然她退得還不夠快。

黑白色的世界裡，倏地有束銀光如流星疾閃而來。

那是一把利得彷若能切開一切的長刀，它以驚人的高速捲動空氣，發出尖銳的嘯聲。

刀尖凶猛地釘住了那件獸皮大衣。

大衣從少女身上滑落下來，露出一頭在暗夜中閃閃發光的長髮。

她回過頭，一雙橙色眼瞳冰寒如霜雪，倒映出闖入黑白世界裡的另兩條人影。

時玥雪邊跑邊以手機通知榴華分部派遣醫護人員。

海冬青眼神森冷，影子裡再衝出兩柄長刀。

少女身影頃刻間轉淡。

長刀只來得及刺穿一把空氣。

即便少女消逝的過程不過是短短眨眼時間，但已足夠在場的幾人看得清清楚楚——

她的髮絲竟是奇異的漸層色，從左至右是銀白、白金、金黃。

乍看之下就像是星星、月亮、太陽。

原來根本沒有兩個魔女。

從頭到尾，就只有一個千種皮。

第九章

項冬、項溪回到家都晚了。

折騰一晚上，兩人的表情比起平常還要更不好看。

尤其是項冬，他手上還帶著傷，就算傷口已包紮過，他眼裡還是有抹不去的暗色。

這要他待會洗澡怎麼盡情地洗？

項冬和項溪都是喜愛潔淨的男孩子，今天在外面待了一天，不久前還跟魔女短暫地戰鬥過，沾染到的灰塵足以令他們大皺眉頭。

換成平常，兩人早就爲了誰先使用浴室而大打出手。

不過此刻，項冬陰沉著一張臉，用沒受傷的那隻手擺了擺，自動退讓給他的弟弟。

讓項溪先洗。

項溪心情指數頓時上升許多，連本來覆著陰霾的面孔也明亮不少。

項溪心情好，項冬的心情就更加不好了。他彈了下舌，回房先換下今天穿了一整天的髒衣服。

將手機立在桌上，項冬給社團群組發了視訊邀請。

與其用打字的，他覺得用說的比較乾脆。順便讓時衛看一下，他可是還負傷在身，怎樣都能讓之後的社團活動減免掉吧。

也不用太多，就減免個十次吧。

項冬面無表情，心裡的算盤打得劈啪響。

傷是他受的，所以項溪這個做弟弟的就還是得乖乖去參加活動，完美。

邀請接二連三地通過了，項冬的手機螢幕被切分成四個畫面，正好一個格子裡塞著一個大頭。

時衛、毛茅、白烏亞、高甜。

木花梨和黑梟都不在線上。

「和千種皮打過了？」時衛是最先收到一切消息的人，看見項冬帶傷也沒有露出意外的表情，桃紅色的眼睛只是淡淡掃過，「換件衣服，你那件太難看。」

項冬低頭看了一眼自己剛換上的螢光星星上衣，「穿錯了，這是項溪的衣服。」

「換一下，傷眼睛。」時衛說。

「社長你眞煩……」項冬嘴上咕噥著，還是到衣櫃前重新挑一件。爲了他待會的要求，這時候只好容忍囉嗦的學長一下了。

邊換衣服，項冬邊簡短地報告今夜發生的事情。

千種皮特異的髮色讓人誤以爲魔女有兩個人，其實只有一個。

丁木香送到協會名下的私人醫院去了，契魂確定被奪走。

如今，就只剩下梁青黛。

「爲什麼會突然針對學長們？」高甜指的是千種皮似乎將項冬他們視作獵物。

按之前的慣例來看，她都是鎖定契魂尚未成熟的女孩子。

「也許千種皮想吃大餐了？」毛茅猜測著，「顯性比起隱性還要美味吧。」

「也許吧。」項冬忽地瞇細眼，湊近手機前，「毛茅你在外面？這個時間點？」

紫髮男孩身後的背景，怎麼看也不像是待在家裡面。

項冬不是會關心他人的人，但如果對方是雇主的兒子，那麼關心就是必要的。要是對方哪邊出了差錯，他和項溪的薪水就等著減少了。

項冬這話一出，高甜與白烏亞眉頭皺了起來。

稍早前，他倆和毛茅一起巡邏市區，然後看著對方進入家裡。

這時候項冬飛來這一句，豈不表示毛茅又偷溜出來了？

「是誰說好不會讓自己落單的？」高甜冷若冰霜地說。

「毛茅，這麼晚了該回去。」白烏亞的藍眼睛裡寫著「擔心」兩個字。

「我有乖，沒落單的。」毛茅也沒想到會被項冬注意到人在外頭的事，趕忙彎腰一撈，抱起了黑琅，「烏鴉學長你看，還有大毛在呢。」

「還有我！還有我！」另個聲音嘰嘰喳喳地說，緊接著一顆白雪球彰顯存在感地入了鏡。

「我只是……蹓個貓，不然大毛運動不夠。」毛茅明智地把「買宵夜」三個字吞進去。

看在自家鏟屎官的面子上，黑琅板著臉，把這個黑鍋揹了。

見有黑琅與毛絨絨在，高甜和白烏亞臉上的不贊同之色退去不少。

項冬又跟社團的人說了幾句，確定沒漏掉什麼得報備的，便打算退出視訊。但伸出的手指在手機前頓了頓，最後還是沒按掉。

雇主的兒子還在外面，就……先幫忙盯一下好了。

這樣日後說不定還能跟凌霄先生提漲薪水的事呢！

項冬的小算盤再度打得劈啪響，同樣不打算通知還在霸佔浴室的項溪一聲。就算是親兄弟，賺錢當然要自己偷偷賺。

「你先等等。」眼見高甜、時衛和白烏亞都下線，項冬喊住了猶在線上的毛茅，「暫時別下線。」

「哎？」毛茅放開黑琅，從口袋裡摸出了一根棒棒糖，「學長還有事嗎？對了，怎麼沒看到項溪學長？」

「他洗澡都要洗一小時以上的，浪費水資源。」項冬黑自己的兄弟不遺餘力。

毛茅深有同感，「好敗家啊，項冬學長辛苦了。」

每天洗澡都要洗四十分鐘的毛絨絨僵了一下。

項冬隱約聽到浴室水聲停了，猜是項溪終於要洗好澡，正準備叫自家弟弟過來接手，幫忙盯好晚上還在外面遊蕩的小朋友。

但房內突然一聲清脆聲響，讓他忍不住分了神。

那聽起來就像是有什麼掉落地面，然後滾到他桌下的聲音。

項冬下意識彎下身，想找出聲音來源。

桌子底下太暗，項冬看不清楚。他趴了下去，伸手往裡頭摸索，還真的被他摸到一個硬物。

那東西表面凹凸不平，還有些磕人。項冬拿近一看，一對深紫色瞳孔猛地收縮。

映入他眼中的，赫然是一顆核桃！

同一時間，毛茅拔高的喊聲像落雷劈了下來。

「學長小心！」

人還在桌下的項冬頓覺背後竄過顫慄，他當機立斷地一扭身，心裡慶幸桌底空間夠大的同時，雙腳爆發性十足地往上重踹，竟硬生生將桌子踹翻過去。

桌上的手機飛了出去，桌子重砸在地，剛激起驚人的迴響，忽然間，桌子居然自動四分五裂了。

早已像條魚滑溜跳起的項冬自然清楚，桌子並不是自動碎裂的。他握緊召出的契靈，冷著臉看著無預警出現在自己房中的人影。

他終於明白不久前千種皮的那番話是什麼意思。

「只好再等等……晚一點……」

——晚一點，她將親自再過來獵物所在之處。

如今，她就站在項冬面前，不再披著獸皮大衣，而是完完整整暴露出她的外貌。

曾讓人誤以為是吸血鬼的，是名看似十七、八歲的少女。她有一雙橙橘色的眼眸，然而那雙暖色調的眼睛裡，唯有一片空洞，就像兩顆無機質的玻璃珠鑲嵌其中。

她的髮色格外奇異，從左至右是銀白、白金、金黃，恍如是星星、月亮、太陽的色澤交會在一塊。沒有被衣飾遮住的皮膚白得像發光的玉石，同樣冷冰冰的，沒有一絲人氣。垂在腰側的雙手卻形狀猙獰駭人，像是畸形的巨大獸爪。

如果不是項冬動作快，此刻被那雙蒼白爪子四分五裂的，就不僅僅是那張桌子了。

下一剎那，項冬房門霍地被人踢開。

「你是在拆房……」剛剛那陣騷動，怎麼可能不驚動項溪。他只穿了短褲就匆匆趕來，然而剛出口的質問在撞見房內景象後，頓時沒了。

項溪面無表情地看著無預警出現在自己家裡的魔女，再看向和自己同個表情的項冬。兄弟倆目光對上。

電光石火間，兩名一模一樣的紫髮少年採取了相同行動。

他們二話不說地拔腿就往房外狂奔！

項溪立時摸出口袋中的換裝手環換裝，項冬也沒忘記開啓回收場。

在周邊色彩全數被赤紅與明橘取代的瞬間，兩條矯健的人影已翻過圍牆，從陽台上一躍而下——

看到那抹至今未曾正式見過，但已耳聞許久的發光人影，毛茅瞪圓了眼，驚得一口咬碎了棒棒糖。

那頭三色長髮太有標誌性了，千種皮竟是直接闖入項冬他們的家！

「學長小心！」

毛茅心焦地大叫，就怕還趴在桌子底下的項冬來不及閃躲。

隨即手機裡的畫面一黑，再也聯繫不上另一邊的項冬了。

毛茅這時不禁慶幸自己人在外面，而且……還離項冬他們家不算太遠！

毛茅不敢耽擱，單手快速傳了訊息給社團其他人，「大毛、毛絨絨，快！」

「用跑太慢了。蠢鳥，還不快點！」黑琅嚴厲命令道，跳進了毛茅懷裡做好準備，「這時候再派不上用場，要你何用！」

毛絨絨先是一愣，接著醒悟過來。他身上驀地白光一閃，雪球鳥登時消失蹤影，取而代之的是宛如用白雪和棉絮堆砌而成的少年。

白髮少年背後「唰」地張開一對碩大結晶翅膀，雙手迅速往前一抓，連人帶貓地一把抱住，像道流星似地高速竄進了夜空當中。

毛茅一手撈著黑琅，一手靈活地滑著手機螢幕，找出項冬、項溪家的詳細路線，他只知道大致方向而已。

幸好社團群組裡都有大家的地址，丟上地圖搜尋就能馬上得到答案。

「毛絨絨，往那邊！」毛茅指著黑夜裡的一點喊道。

毛絨絨飛得又高又快，底下縮小的人車根本不會知道，在他們的頭頂上方，竟然有人翱翔而過。

翅膀一拍，毛絨絨速度再次提升，在極短時間內趕到了項冬他們住所附近。

然後一頭栽進了一個只餘二色的世界裡。

夜色成了大片怵目驚心的血紅，讓毛絨絨震驚地瞪大眼、張大嘴，不明白怎麼突然間黑夜成了詭異的紅幕。

還是毛茅反應快，立即意會過來他們闖進了回收場的範圍。

「學長他們肯定在附近。」毛茅拍上毛絨絨的手臂，要他放自己下來。

「可是毛茅，要怎麼知道他們在哪裡？」毛絨絨茫然地東張西望，「打手機嗎？」

「錯，找騷動最大的那一處。」毛茅咧開一抹鋒利又野性的笑容，與他可愛的外表截然不同。

用不著多久，毛絨絨就知道毛茅說的是什麼意思了。

不遠處忽地一聲巨響，像是有什麼轟然倒地，從毛茅他們所在位置看，還能望見飄上天的煙塵。

目測了下此地與彼端的距離，毛茅沒要毛絨絨帶自己飛過去，他可不想打草驚蛇。

尤其，還是分量那麼十足的一條蛇。

被紅橘刷染的世界乍看下就像浸泡在鮮血裡，看起來既不祥又駭人。

「好刺眼啊……」毛絨絨小小聲地說。

「比之前的紅配綠好上一咪咪了。」毛茅說，他腳下施力，敏捷地躍上同樣猩紅的牆頭，在蜿蜒的住宅區小巷飛快奔馳著。

隨著距離越是拉近，越是能聽見驚心動魄的槍聲，就像轟雷在耳邊炸開一般。

下一秒，毛茅他們便瞧見前方紅色屋頂上，兩條矯健的人影圍擊著另一抹身影，三人纏鬥在一塊。

換上暗紅戰鬥服的兩名紫髮少年下手毫不留情，槍口裡射出的子彈悍然衝著千種皮而去。

閃耀著金屬光輝的彈頭轉瞬起了變化，瓦解成無數細針，有如一場針之雨招呼向對方。

千種皮身上的獸皮大衣立時冒出無數黑影，像一隻隻手將擁向自己的利針全數兜攏住。

旋即重疊的咆哮聲響起，粗嘎刺耳，就像多頭野獸同時嚎叫。

而那聲音，赫然是從千種皮身上的大衣傳來的。

項冬、項溪幾乎本能地感應到危險，他們沒再進逼，而是急急與對方拉開了距離。

說時遲那時快，少女身上的獸皮大衣崩散成縷縷黑影。

黑影轉眼又成了一隻隻相貌畸異、披著或深或淺皮毛，眼洞裡燃著白火的怪物。

曾經，看見那件大衣的人都覺得，它彷彿是由多種獸皮拼湊而成。

而如今，目睹眼下之景的人都切切實實地意識到……

不是彷彿，那真的是由多種獸皮拼組出來的。

只不過那獸，不是普通野獸。

竟是污穢！

被怪物圍在中間的千種皮彎起了嘴角。

「他們捏造假的，希望別人把他們說的當眞的。看見眞的，又不相信眞的存在，多有趣，那怕得扭曲的表情我很喜歡。但比起愚蠢的吸血鬼，我更喜歡你們對我等的稱呼……」

千種皮慢悠悠地說，她的嗓音就像是冬日寒風，颳得人心底忍不住滲出了寒意。

「魔女。」

千種皮拾步往項冬、項溪緩緩前進，明明是在陡峭的屋頂上，她走得彷若是在平地。

毛絨絨陪著毛茅一塊趴臥在另一處屋頂上，眼見千種皮此刻完全背對著他們，他彎起手指，再一根根鬆開。

空氣中無聲無息地浮現了多根銳利的結晶羽毛，它們在橘紅的世界裡閃閃發亮。

可是背對著的千種皮不會知道。

項冬、項溪看見了那些平空出現的羽毛，也注意到隱匿在不遠處的身影。他們神色未動，連視線都沒有偏轉分毫，就好像什麼也沒看見一樣。

「我想要你們的血，我喜歡血，就和契魂一樣喜歡。」千種皮說。

就在結晶羽毛如利箭準備高速射向千種皮的剎那之間，她冷不防地扭過頭，橘色在她眼底擴散，像燒開的焰火。

「——但不要你的。」

她的頭眞的扭了過來，明明身體還面向著項冬兩人，腦袋連同脖子卻是一百八十度地旋轉過來。

那雙染成橘色的眼睛，直勾勾地盯住了對邊屋頂上的紫髮男孩。

「不要你的，連吃的價値都沒有，光是氣味就令人倒盡胃口。你的存在妨礙了我的食欲，這眞是讓人不愉快。所以，我會把你的血放光，然後踩在你的臟腑上，盡情享用其他人的鮮血及契魂。」

「喔，是嗎？」既然都被發現了，毛茅也不躲藏，大大方方地站了起來，「雖然妳看不上我，但我得說，膠原蛋白的魅力妳完全不懂的啦——毛絨絨！」

接收到訊號的毛絨絨立刻揚手一劃，停懸在空中的羽毛飛也似地朝向千種皮和她周圍的污穢疾衝過去。

蹲在毛茅腳邊的黑琅瞬成煙氣，一個眨眼便凝聚實體，成爲毛茅握在手裡的漆黑長鞭。

握緊手中的鞭子，毛茅迅雷不及掩耳地有了動作。

鞭尾猛地甩出，抓住千種皮被結晶羽毛轉移注意力的空隙，一鞭子凌厲粗暴地抽在了她的身上。

同時冒出的光羽猶如最鋒利的獠牙，狠狠刨剜下千種皮的一大塊皮肉。

有東西順著那散濺的血肉掉落在屋頂上，發出「咚」的一聲。

所有人的目光下意識順著那東西看過去。

只見一顆核桃沿著屋頂往下骨碌碌滾動，表面還有明顯裂痕，似乎是被毛茅的那一鞭子一併抽出來的。

核桃越滾越快，在接近屋簷的剎那，上頭的裂縫也覆蓋了整個表面。

然後異常響亮的「啪嚓」聲進入了眾人耳中。

核桃碎裂，從中吐出了詭異的煙氣。

毛絨絨倒吸了一口氣，那逐漸變得凝實的煙氣，看起來分明就是一個人。

「梁青黛！」項冬、項溪同步喊出對方的名字。

他們同步的不只話聲，還有手上的動作。

白槍發射，射出了子彈，靈巧地繞過林立在外的污穢，直直鎖定正中央的千種皮。

與此同時，綁著馬尾辮、穿著榴華高中制服的少女眼看就要從屋頂上摔落下去——

「毛絨絨，拜託你了！」毛茅大喊一聲。

毛絨絨振拍雙翼，迅速俯衝而下，及時接住梁青黛的同一時間，毛茅提著黑鞭，像支離弦之箭竄進了正前方的戰場裡。

兩顆泛著流光的子彈終究還是沒有成功貫穿目標的身體。

千種皮形如獸爪的手指從中攔截了子彈，並將之捏成粉末。

伴隨著碎屑灑落，對方那張白得像能發光的臉蛋上忽地浮上一條裂縫。

就像摔裂的瓷器，密密麻麻的裂痕爬滿千種皮的整張臉。

她的雙眼燒成了焦黑的窟窿，徹底塌陷進去，隨後是蒼白火焰席捲——

千種皮從少女形態轉化爲駭人怪物也只不過是頃刻間。

那身白得像能發光的肌膚轉眼像是碎裂的瓷器，大片大片的碎片往外飛散，裡中卻是有更多的蒼白湧出、翻掀。

最末成爲了巨大的蒼白人形。

頭顱部分像硬生生被削砍掉一半，露出下排暗色的牙床和同樣蒼白的牙齒，猩紅色的舌頭像長蛇吐出，舌面上還有三排利齒。

腰間沒有皮肉，直接暴露森白的脊骨，骨頭形狀怪異，像是一把把朝外的劍刃，末端捲翹；脊骨下方則是接連著三條扁平的粗大尾巴，尾巴兩側還各有兩隻畸形的利爪。

兩簇蒼白的火焰懸浮燃燒。

「把他們全踩爲肉泥，混著血，然後我將吃得丁點也不剩！」

千種皮一聲令下，那些從她大衣上化出的污穢立即動了。

可它們沒有三名除魔社社員快。

毛茅與項冬、項溪早已飛快交換了眼神，就算他們之前沒合作過，沒默契，但也看清了眼前的現實。

那麼一大群怪物全待在屋頂上，這屋頂估計撐不了多久，沒聽見都已經在嘎吱作響了嗎？

三人當機立斷，在污穢們有所動作之前，快一步採取行動。

三道紫髮身影迅若雷電地從屋頂上躍下。

幾乎他們落地的瞬間，那間承受眾多怪物重量的建築物，再也支撐不住地塌垮了。

不過除了一、兩隻污穢反應不及、真的摔跌下去之外，千種皮與其餘污穢挾帶驚人之勢，一晃眼便追擊到毛茅他們面前。

此刻，毛茅他們也選好了合適的交戰地點。寬敞的路面與環繞在四周的牆面、樹木，高低差可以讓項冬、項溪更能發揮他們手中的契靈。

「別扯後腿了，白痴弟弟。」項冬說。

「別丟我的臉了，蠢貨弟弟。」項溪說。

照慣例，彼此人身攻擊完畢的兄弟倆倏地回過頭，異口同聲地對毛茅說：

「不行就跟我們喊救命！」

毛茅還沒笑咪咪地回擊說「是男人怎麼可以不行呢」，握在他手上的黑鞭就像惱火般地彈震了一下。

如果黑琅能說話，估計要怒氣滔天地吼道：有朕在，朕的鏟屎官不須要跟任何人喊救命！渣渣滾蛋吧！

雖然不能言語，可閃爍著黝黑光澤的鞭子卻還是能以行動表現出雷霆氣勢。

一隻張牙舞爪撲過來的污穢，眨眼間就被黑鞭捲住脖子。

「學長們不行就跟我喊救命，雖然你們不是美人，但看在爸爸和洋芋片的份上，我還是願意英雄救……嗯，那個一下的唷。」毛茅揚起歡快的笑容，出手則是心狠手辣。手一抽，冒出光羽的鞭子當場就將那隻污穢的腦袋給絞了下來。

項冬兩人一致認爲，他們願意委屈一點，當毛茅本來想說的那個美，也好過現在毛茅嘴裡提的……那個。

「那個」什麼的，聽起來實在太上不了檯面了。

當不了美的項家兄弟將這股憋屈轉而不留情地發洩在污穢身上。

他們身手俐落狠厲，每一槍都衝著污穢最有可能藏有核心的位置疾飛。

一顆顆子彈從槍口噴吐而出。

有的子彈勢如破竹，有的子彈則是停滯空中不動，更有的子彈是疊加在一起，形成更爲迫人的巨形彈頭。

但無論怎樣的子彈，全都聽從項冬、項溪的意念行動。

有若鏡面影像的兩名少年疾速奔跑，閃身避開污穢的攻擊，躍跳上高處，手裡的白槍並沒有對準底下的任何一隻獵物。

而是不約而同朝天開槍。

伴隨著槍響，先前所有停佇在空中的子彈頓時呼嘯飛出。它們就像被賦予了意志，在空中靈敏穿梭，繞出彎曲的軌道。

然後有如暴風驟雨，轟碎了污穢們的腦袋、軀體。

有項冬、項溪一口氣處理掉大部分污穢，毛茅也不跟他們搶工作。

他金眸灼亮，笑容鋒利如刀，目標直指千種皮。

雖然沒辦法以同樣的方式回報到千種皮身上，畢竟要將人踩成肉泥……他這個身體尺寸先天上就有很大的困難。

但以牙還牙，以眼還眼這點，他可是能夠做得非常好的啊！

毛茅速度加快再加快，就像出膛的子彈，也像最猛烈的一團火球，凶猛地衝向了已化身爲蒼白巨大怪物的千種皮。

千種皮抬起她鋒利的大爪，一揮動就帶起強烈的勁風，摧毀周邊的矮牆建物，眼看就要逼至毛茅面前，一把將他捏成肉醬。

「妳重口味是妳的事，我可沒興趣從充滿膠原蛋白的美少年，變成稀巴爛的肉泥呢！」毛茅一揚手臂，通體透黑的長鞭延長再延長，末端俐落勾住了千種皮腰側的一根骨頭，轉瞬讓自己欺近了那具蒼白的軀體。

一閃開魔女的撕抓，毛茅立刻跳下地，他滑溜得像條魚，讓體型比他大上數倍的對方反而屢次捉不著。

一而再地攻擊落空不斷加乘魔女的怒焰。

那張只有下半部的臉孔發出了尖銳的嚎聲，暗色舌頭猛地竄出。

看著三排密麻銳利的牙齒，毛茅「哇」了一聲。要是被舔個一下，他整個人大概也就面目全非了吧。

毛茅他們與污穢正在激戰，毛絨絨也帶著梁青黛退到了安全的範圍，選擇的還是一處較高的地方。

一來是可以隨時關注毛茅等人的動靜。

二來是可以看看是否有其他人趕來。

毛絨絨還記得，毛茅在奔來這裡之前，已先發訊息給除魔社的其他人。

只要看見任何一抹熟悉的身影，毛絨絨就能以最快速度飛去將人帶來，爲毛茅他們增加助力。

毛絨絨看著前方的戰鬥心裡焦急，可也不敢貿然離開。他剛檢查過了，梁青黛的脖子上並沒有被咬的傷痕。

與先前的歐蝶、丁木香不同。

換句話說，梁青黛的契魂很可能還未被奪走。

突然間，毛絨絨雙眼大亮，他還真的看到了！

幾乎讓人分不清是橘還是紅的世界裡，霍地闖入了另一抹鮮明奪目的色彩。

那是……白烏亞！

灰髮青年身著暗紅戰鬥服，一頭半長髮隨著疾奔飛舞出俐落的弧度。

抱著梁青黛飛行對毛絨絨來說並非難事，他即刻張開碩大羽翼，幾個拍翅便大幅縮短與對方的距離。

毛絨絨突然從天而降，卻沒有讓白烏亞那張精緻漂亮的面孔產生任何波動。

白烏亞目光快速滑過梁青黛，只問道：「毛茅他們在哪裡？」

「我帶你過去，用飛的！」毛絨絨馬上伸出一隻手，這是要對方抓住自己的意思。

換作一般人，都會懷疑面前看起來柔弱的白髮少年，是否真有那麼大的力氣。

但白烏亞一聲不吭，手直接遞了上去。

毛絨絨一手抱著一個，飛行速度絲毫不慢，片刻間已回到剛才的位置。

不待毛絨絨站穩，白烏亞率先放開手，敏捷地躍落地面，巨劍同時從他翻湧的影子脫出。

「烏鴉學長！」瞥見那抹迅捷奔來的人影，毛茅語氣越發歡快高昂，下手動作更加粗暴。

帶著成排光羽的鞭子深深捅進魔女的其中一條尾巴，像是無數把鐮刀將之剖開了大大的裂口，又搶在另一條尾巴試圖搧來之前躍跳遠走。

白烏亞霍地扔擲出巨劍，銀亮的大劍彷如一道強橫的驚雷，瞬時破空而去。

毛茅大笑，腳下像裝了彈簧，驟然奮力跳起，將白烏亞投擲來的巨劍當成了踏板，借力一蹬——

那道靈活身影登時拔得更高，緊接著反手揮鞭，捲住劍柄，再猛力往下一送，被加足勁道的巨劍石破天驚地從天而降。

面對驟然來自高空的攻擊，千種皮一時竟反應不過來，她閃躲得狼狽，肩側仍被削掉了一大片。

然而還未等她重新支起身子，闖入視野內的子彈已不留情地爆開，轟上她的正面。

接連受創讓蒼白色的魔女發出了尖嘯，可她剛昂起了腦袋，又一股痛楚猛地從她下顎處傳來。

墨黑長鞭不知何時從毛茅手中脫出，像條最凶悍的黑蛇，迅速貫穿她的下頷，從腦殼透出，再鑽進她的後背，最後鞭尾釘進了橘色地面。

彷彿一條強韌的鋼線，將千種皮與地面縫接在一起。

劇痛和憤怒交織在一塊，讓千種皮拚命掙動著身子，想要把自己拔離路面。

然而下一剎那降臨的劇痛，讓她有如砧板上的大魚，猛然彈起了身子，又重重落下。

這一次，千種皮幾乎撐不起身子了。

一把銀色大劍擊穿她的脊骨，讓她像是被釘住的巨大標本。

「學長們，先等一下。」眼看項冬、項溪的手指已扣上扳機，顯然想要送千種皮致命的一槍，毛茅舉起手機，「先讓我打個電話問問。」

白鳥亞點點頭，要兩名二年級學弟聽毛茅的話。

毛茅的電話是打給澤蘭的。

「澤老師，我們抓到魔女了。」毛茅也不廢話，簡潔切入重點，「你能逼問線索了嗎？哎，還不行啊？那要把魔女留著給你們嗎……好喔，我明白了。」

掛掉電話，毛茅笑吟吟地轉告澤蘭的交代。

「澤老師說，直接殲滅。還有，核心是在舌頭底下的位置喔。」

兩把白色短槍抵上了千種皮的頭。

扳機扣下！

尾聲

即使是深夜，榴華分部也是一片燈火通明，四處可見累翻的員工或是除穢者揀了個位置就直接昏睡過去。

這陣子爲了搜尋千種皮的去向和保護隱性們的安全，眾人可謂忙翻了天。

如今千種皮終於被殲滅，他們也能暫時喘口氣，稍作休息下，等明日再繼續繃緊神經。

不可碰之書的複刻本，只剩下最後一個收納凹洞還是空的。

小紅帽、長髮公主、人魚、紅舞鞋、睡美人，以及千種皮。

七位魔女，還有一位行蹤不明。

看著胡水綠將披著三色長髮的布娃娃放進了不可碰之書的複刻本內，毛茅好奇地說，「不曉得最後一個魔女是怎樣的呢？」

「這估計是我們分部目前最想要知道的問題了。」胡水綠把書交給了第五壬，轉身面向特地把布娃娃送過來的幾個人。

毛茅、白烏亞，恢復動物型態的毛絨絨與黑琅。

還有一位他們在分部門外碰上的澤蘭。

雖然對澤蘭抱持著巨大嫌棄，但胡水綠看見是他前來分部，心裡還是頗爲滿意的。

澤蘭一來，身爲除魔社副指導老師的伊聲就可以不用再爲學生們趕過來了。

胡水綠當然寧願自己的未婚妻多休息一點，累死澤蘭倒是無所謂。

「不是跟你們交代過了，布娃娃明天再拿來實驗室給我也是一樣，這樣也不用還辛苦來榴華分部了。」澤蘭看著毛茅他們，無奈地搖搖頭。

毛茅和白烏亞對視一眼。他們就是不想去澤蘭的實驗室，才寧願多跑一趟的。

「下次可以學學項冬、項溪他們。」澤蘭說，「人家都知道先回家休息。」

「學長們說，他們想回家穿衣服了。」毛茅據實以告。

嚴格來說，是項溪想要回家穿衣服。別看他穿著社服，一鍵換裝要是一解除，他身上就只有一件短褲了。

當時面對魔女來襲，匆匆出浴室的他連套件衣服的時間也沒有。

好吧，其實連鞋子也來不及穿。

澤蘭面露茫然，不是很明白這中間的關聯性。

毛茅也不曉得，但他也沒興趣了解，「對了，澤老師，社長說梁青黛學姊的契魂還在。」

「我知道。」澤蘭說，「時衛也傳訊息給我了，梁青黛現在人呢？」

後面這一句，問的就是胡水綠了。

「當然是先送醫院去了，也已聯絡她的家人。」胡水綠說，「你等等得過去一趟。」

學生的事，當然要由學校出面處理。

「伊聲會先過去。」澤蘭發出訊息後微微一笑，見胡水綠對自己怒目而視，「當然，我也會過去的。」

「這種小事你都辦不好嗎？要你這校長何用？居然還讓我家親愛的勞心勞力！」胡水綠可待不住了，「這麼晚了，你好意思讓柔弱需要人保護的女性出門？」

澤蘭繃住了嘴角的抽搐。胡水綠口中柔弱需要保護的那位女性，剛剛可是狠狠跟他敲了一筆獎金和假期才願意出門的。

「毛茅，我覺得胡水綠一定對『柔弱』這兩個字有什麼誤解……」蹲在毛茅肩上的毛絨絨和他說著悄悄話。

碰巧聽見說話內容的白烏亞陪著自家小直屬一塊點頭，深有同感。

「你們幾個。」胡水綠點名了幾位小朋友，「都這麼晚了，要不要就直接先在這裡住下？我和你們澤老師還要到醫院去。」

「不用了，我們要回家。」毛茅笑嘻嘻地說，「胡老師，我們一起走吧。」

「你們和澤蘭走吧，我趕時間。」胡水綠冷酷地拒絕。他有車可以開，幹嘛還要用走的。

澤蘭也不以為意，反正胡水綠如果先到，那有事就由他先負責處理吧。

毛絨絨自然是要跟毛茅一起回去的。就算這裡四下都是耀眼璀璨的晶體，看得他目不轉睛，可是這些東西又不能帶走，能看不能拿實在太讓鳥傷心了。

此時毛絨絨忽地瞄見了一抹人影。

穿著白袍，頂著一頭鳥窩般亂髮的男人行蹤看起來莫名鬼祟，就像怕被人注意到一樣，急匆匆地往一個方向走去。

來過幾次分部的毛絨絨還記得，那裡通往位在地下室的科研室。

只不過因爲之前不可碰之書莫名遭竊，爲了徹底清查是否有哪裡遺漏，科研室整個部門暫時搬了位置，移到上面來。

既然如此……第五壬這時候到無人的地下室要做什麼？

毛絨絨心裡狐疑，眼看對方身影消失了，也顧不得先向毛茅知會一聲，短翅膀一拍，迅速追了過去，跟著進入了地下室大門。

事情是在毛茅與黑琅回到家不久後發生的。

那時他們後知後覺地發現到家裡少了一個人，或者說一隻鳥。

毛絨絨居然沒跟著他們回來。

毛茅有些擔心毛絨絨是不是又被哪位貧乳美少女魅惑了，傻傻地跟著人家回去。那可不行，毛絨絨到現在都還沒把吃喝花費還給他呢。

他點開手機，想要撥打電話。

沒想到看見了毛絨絨的訊息。

「我去跟蹤第五壬了……」毛茅納悶地唸著訊息，滿心疑惑，「爲什麼要跟蹤他，毛絨絨是發現什麼了嗎？」

「說不定是發現那個叫第五壬的，其實是個沒胸的雌性人類。」黑琅哼哼地說著。

毛茅來到嘴邊的否認忽地說不出來了。他想到胡水綠看起來就是個水靈靈、長得特別高的美女，誰知道人家原來和自己同性別。

這麼說起來，第五壬如果是女的，好像，也不是沒有這個可能，

正當毛茅糾結著要不要跟澤蘭打聽一下，手機霍地像發了瘋般震動不停。

「刷一刷」在沒點開的情況下自動跳了出來。

鮮紅刺眼的警告訊號大作。

毛茅是第一次碰到這個情況，他驚愕地看著手機。

他不知道這是除穢者協會的一級警報，唯有在情勢異常嚴峻時才會啓動。

他也不知道，在這瞬間——不只他，所有除穢者和相關人員全都收到了相同的通知，相同的一張照片。

照片裡，是一片冰天雪地。
巨大的寒冰矗立在最顯眼的正中央。
冰裡，是被凍結住的榴華分部。

《除魔派對6》完

後記

不知不覺，《除魔派對》也來到第六集了！

預計下一集就要進入完結篇，有關十五年前的污穢暴動事件，也將徹底真相大白。

雖然項冬、項溪到本回合才算正式出場，但寫他們兄弟倆真的非常愉快。

不過他們也算是面癱一族……忽然發現我寫雙子真的好喜歡寫面癱系啊，下次絕對要來挑戰一次非常活潑的雙胞胎！

啊，不小心離題了。

總之，項氏兄弟雖說面癱，但話可不少哈哈，而且彼此之間也相當沒有默契，最喜歡暗中扯對方的後腿。

他們和毛茅處在一起，真的有種三兄弟的感覺，剛好也都是紫頭髮。不過項冬、項溪肯定是會被弟弟吃得死死，還翻不了身的那款XD

這一集的魔女選用了有點冷門的故事．《千種皮》。小時候看過這個童話故事後一直印象深刻，把禮服藏在核桃裡真的太神奇了，而且禮服還像星星、月亮、太陽一樣。

所以就忍不住把禮服的這個特色，改套用在我們魔女的頭髮上了，三色漸層超級華麗的有沒有？

在這裡還要大力讚歎夜風大！

當初給人物設定的時候，一直覺得這造型感覺會很棘手，但是夜風大完美地設計出千種皮的感覺～～～～

小禮服加獸皮大衣，還有那個表情都超級棒的啊！

收到圖的時候一直忍不住盯著看，用力看，眞的太美了！

尤其是第六集封底的部分，夜風大還特地畫了三件禮服，呼應著千種皮原本童話故事的重要元素。

如果大家有興趣，可以去找一下《千種皮》的童話故事看一看喔。

前陣子和朋友去台南玩，去了有小亞馬遜之稱的四草，風景眞的很漂亮，一片綠色看得眞的讓人心情非常愉快！當然也拍了不少照片，照片會放上粉絲團的～

台南的美食至今還是讓人難忘呢，之後有機會絕對要再去玩一次的。

下一集的《除魔派對》，魔女究竟是哪一個童話故事中的角色，相信應該很明顯了，尾聲的最後幾句話就是最大線索。

毛絨絨也被冰在分部裡面，毛茅他們將要努力英雄救美了！唔，或者該說英雄救鳥XD

究竟，他們會採用什麼辦法？

請大家期待下一集的故事！

附上感想區的QR碼，對於《除魔派對》有什麼想法，都歡迎告訴我。

醉琉璃

除魔派對熱鬧感想搖滾區QR Code
歡迎大家上來聊聊唷！

CLEANING UP

【下集預告】

除魔派對

明明是悶熱的十月天，冰雪卻莫名驟降，
不只將榴華分部困在寒冬世界裡，
還留下了那隻宛如大福的雪球鳥！

最後一名魔女現身，帶來了無盡冷意與殘酷。
童話魔女的源起、十五年前的悲劇始末，
雪花飄飄的祕密通道中，
毛茅一行人即將揭開令人錯愕的眞相……

完結篇〈榴岩翡嶼皆大凶〉

2019國際書展，預計出版！
毛茅他們要卯足勁，英雄救鳥了！

國家圖書館出版品預行編目資料

除魔派對.vol.6,向東向西諸事吉 / 醉琉璃 著.
——初版. ——台北市：魔豆文化出版：蓋亞文化
發行，2018.12
面； 公分.（Fresh；FS164）
ISBN 978-986-96626-6-6（平裝）
857.7 107020601

fresh
FS164

除魔派對 vol.6 向東向西諸事吉

作　　者 醉琉璃
插　　畫 夜風
封面設計 莊謹銘
主　　編 黃致雲
總 編 輯 沈育如
發 行 人 陳常智
出 版 社 魔豆文化有限公司
發　　行 蓋亞文化有限公司
地址：台北市103赤峰街41巷7號1樓
電話：02-2558-5438　　傳真：02-2558-5439
電子信箱：gaea@gaeabooks.com.tw
投稿信箱：editor@gaeabooks.com.tw
郵撥帳號 19769541　戶名：蓋亞文化有限公司
法律顧問 宇達經貿法律事務所
總 經 銷 聯合發行股份有限公司
地址：新北市新店區寶橋路二三五巷六弄六號二樓
電話：02-2917-8022　　傳真：02-2915-6275
港澳地區 一代匯集
地址：九龍旺角塘尾道64號龍駒企業大廈10樓B&D室
電話：+852-2783-8102　　傳真：+852-2396-0050
初版一刷 2018年12月
定　　價 新台幣 220 元
Published and printed in Taiwan

ISBN 978-986-96626-6-6

FS164

除魔派對 vol. 6

魔豆文化 讀者迴響

感謝您在茫茫書海中選擇了魔豆，您的支持是我們最大的動力。
不要缺席喔，讓我們一起乘著夢想的羽翼，穿越時空遨遊天地！

姓名： 性別：□男□女 出生日期： 年 月 日
聯絡電話： 手機：
學歷：□小學□國中□高中□大學□研究所 職業：
E-mail： （請正確填寫）
通訊地址：□□□
本書購自： 縣市 書店
何處得知本書消息：□逛書店□親友推薦□DM廣告□網路□雜誌報導
是否購買過魔豆其他書籍：□是，書名： □否，首次購買
購買本書的動機是：□封面很吸引人□書名取得很讚□喜歡作者□價格便宜□其他
是否參加過魔豆所舉辦的活動： □有，參加過 場 □無，因爲
喜歡出版社製作什麼樣的贈品： □書卡□文具用品□衣服□作者簽名□海報□無所謂□其他：
您對本書的意見： ◎內容／□滿意□尚可□待改進 ◎編輯／□滿意□尚可□待改進 ◎封面設計／□滿意□尚可□待改進 ◎定價／□滿意□尚可□待改進
推薦好友，讓他們一起分享出版訊息，享有購書優惠 1.姓名： e-mail： 2.姓名： e-mail：
其他建議：

◎請沿虛線剪開、對摺、裝訂後寄出

◎請沿虛線剪開、對摺、裝訂後寄出

廣告回信　郵資免付
台北郵局登記證
台北廣字第675號

魔豆文化有限公司　收

103 台北市赤峰街41巷7號1樓

魔豆

魔豆